나의 200살 할머니

나의 200살 할머니

이인 지음

향강
책방

사랑이 아무리
힘겹더라도

"아가야!"

"왕할미?"

아기도 드물고, 200살을 향해 가는 노인도 드물다. 200살 할머니와 태어난 지 두 살이 채 되지 않은 조카는 서로를 신기하게 바라봤다. 할머니가 한 손을 부들부들 떨면서 느릿하게 뻗는다. 아이는 물끄러미 할머니 얼굴을 보다가, 할머니 손을 보다가, 방바닥에 얼굴을 떨군다. 잠깐 망설이는 듯싶더니 이윽고 할머니 손을 향해 제 손을 뻗는다.

할머니와 어린 조카는 그렇게 처음으로 접촉했다. 두 사람은 한동안 서로의 눈을 그윽하게 들여다보며 미소를 지었다. 100년이 넘는 세월을 뛰어넘어 마음과 마음이 만나는 순간이었다.

아직 말이 서툰 조카는 할머니를 '왕할미'라고 불렀다. 조카는 용기를 내어 할머니의 뺨에 뽀뽀했다. 곁에서 지켜보는 것만으로도 마음이 두둥실 떠올랐다. 왜 사람은 사람과 만나 살 수밖에 없는지, 사랑하는 사람이 없으면 삶이 왜 텅 비어 버리는지 알 수 있었다.

그 누구든 관계 속에서 존재한다. 땅에서 솟아나거나 하늘에서 떨어진 사람은 없다. 사람은 사람과 사람 사이에서 태어나 사람들과 어울리며 살아간다. 삶 자체가 사랑의 결정체이고, 이렇게 살아 있다는 건 사람들과 사랑을 주고받고 있다는 뜻이다. 사랑이 없이는 삶도 없다.

물론 사랑은 힘겹다. 사랑을 염원하더라도 다른 사람과 원활하게 사랑을 나누는 건 만만치가 않은 일이다. 사람 덕분에 살 힘을 얻지만 사람 때문에 상처받는다.

혼들리는 하루하루 속에서 사랑을 고스란히 전하기란 얼마나 어려운가.

사랑은 돌고 돌았다. 할머니가 천둥벌거숭이였던 나를 키웠듯 나는 거동을 못 하는 할머니를 챙겼다. 할머니가 자신의 인생을 할애해서 나를 보살폈듯 나는 정성을 다해 할머니를 섬겼다. 사랑의 유구한 순환 속에서 할머니와 나는 서로를 보듬었고, 그렇게 살아갈 수 있었다.

사랑은 세대를 넘어 이어졌다. 할머니가 늙어 가는 가운데 조카가 태어났다. 갓난아기가 귀한 시대답게 조카는 사랑을 듬뿍 받았다. 자신의 부모뿐 아니라 삼촌과 이모들, 할머니와 할아버지, 나아가 왕할미까지 새로 태어난 생명에게 감격하면서 축복을 아끼지 않았다.

나는 일상의 대부분을 할머니와 보냈다. 우리는 같이 밥을 먹었고, 식탁에서 하루를 함께했다. 아침부터 밤까지 붙어 지냈다. 날마다 사랑이 피어오르지는 않았어도 일상의 곳곳에 사랑이 서려 있었다.

그렇더라도 마음의 사랑을 표현하기가 쉽지 않다. 나도 조카처럼 할머니에게 뽀뽀하고 싶었으나 그러지 못했다. 그래도 할머니 곁을 지키려고 애썼다. 사랑이란 사랑하는 사람 옆에서 그 사람과 더불어 시간을 보내는 일이니까.

그래서 이 책은 할머니의 마지막 시간들을 함께한 기록이자, 할머니를 사랑했음을 고백하는 내 마음의 표현이다.

1장

할머니의 시간은 천천히 흐른다

2장

모든
쇠락해 가는
것에는
이유가 없다

3장

**200살
할머니의
마지막
100일**

나오며

1장

—

할머니의
시간은
천천히 흐른다

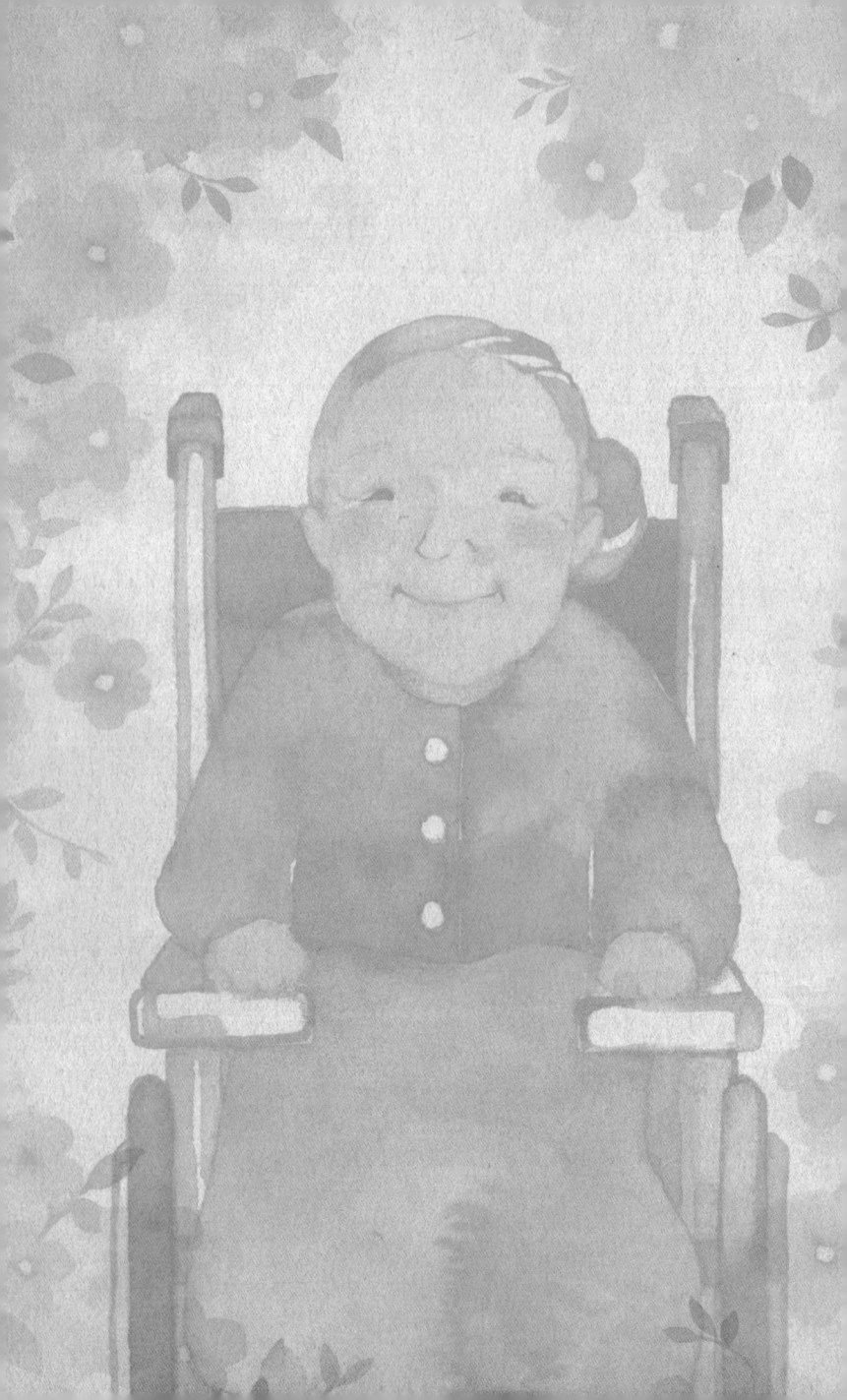

쇠스랑개비
꼬맹이

눈을 떠야 했다. 더 누워 있고 싶었지만 몸을 일으켰다. 챙겨야 하는 사람이 있기 때문이었다. 바로 나의 할머니였다.

아침을 맞이할 때마다 나는 부모의 마음을 품었다. 몸이 천근만근이어도 자기 아이를 돌보기 위해 새벽마다 눈이 떠지는 부모들처럼 이부자리를 박차고 일어났다. 곧장 할머니에게 다가가 속삭였다.

"쇠스랑개비 왔냐?"

쇠스랑개비 왔냐는 말에 할머니는 살포시 웃으면서 아침을 맞았다.

쇠스랑개비는 할머니 생애 최초의 별명이었다. 할머니가 아장아장 걸음마를 뗀 지 얼마 되지 않았던 100년 전이었다. 꼬마였던 할머니가 옆집 할아버지 댁에 갔다. 왜 옆집에 갔는지, 심심해서 놀러 갔는지, 할머니는 기억하지 못했다. 다만 이거 하나만은 잊지 않았다. 자기 집에 나타난 아이에게 옆집 할아버지가 건넨 말이었다.

"쇠스랑개비 왔냐?"

쇠스랑개비 왔냐는 인사에 뭐라고 대답했는지 묻자 할머니는 아무런 말도 못 했다며 배시시 웃었다. 옆집 할아버지가 왜 쇠스랑개비라고 불렀을 것 같냐는 질문에 할머니는 자기가 작고 여리니까 쇠스랑개비가 떠오른 게 아닐까 하고 추측했다.

처음에 나는 쇠스랑개비라는 단어를 새시랑개비로 알아들었고, 바람개비와 비슷한 느낌을 받았다. 바람이 불면 돌아가는 바람개비처럼 새시랑개비는 바람에 나풀거리는 자그마한 무언가라고 어림짐작했다.

나중에 찾아보니 쇠스랑개비는 장미과에 속하는 여러해살이풀이었다. 잎의 모양이 밭을 가는 데 쓰이는 쇠스랑을 닮아서 이런 이름이 붙었고, 가락지나물이라고도 불린다. 어린아이들이 가락지를 만들어 끼고 노는 들꽃으로, 한반도 어디서든 쉽게 볼 수 있다.

쇠스랑개비가 무엇인지 알게 되자 옆집 할아버지의 마음이 느껴졌다. 아마도 옆집 할아버지는 자기 집에 놀러 온 이웃 꼬마가 친근하게 여겨져 쇠스랑개비 왔냐고 인사를 한 것 같았다.

세상을 궁금해하며 걸음마를 떼던 시절, 할머니는 쇠스랑개비가 뭔지 몰라 당황하면서도 설렜다. 온갖 낯선 말들이 귓가를 간질이면서 마음을 문질렀다. 세상에 대한 호기심으로 모든 감각이 생생하게 열려 있던 그때 옆집 할아버지가 자기를 쇠스랑개비라고 불렀다. 쇠스랑개비라는 씨앗은 할머니의 가슴속 깊이 심어졌고, 평생 그 안에서 움트고 줄기를 뻗어 내며 꽃을 피웠다.

할머니는 쇠스랑개비라는 단어를 듣기 좋아했다. 쇠스랑개비라는 말에 할머니의 뺨은 살그머니 붉어졌다. 나는 아침마다 할아버지의 목소리를 흉내 내려 구성지면서도 걸쭉하게 "쇠스랑개비 왔냐?"라고 말을 걸었고, 할머니는 웃으면서 깨어났다.

힘겨웠던 어제가 스러지고 캄캄했던 밤을 무사히 넘긴 뒤, 햇살이 새롭게 쏟아지는 가운데 할머니의 아침이 밝았다. 이제는 걸음마를 하던 시절처럼 자유롭게 움직일 수 없어도 여전히 파릇파릇한 감성을 지닌 쇠스랑개비 할머니의 하루가 시작됐다.

세상을 궁금해하며 걸음마를 떼던 시절,
쇠스랑개비는 할머니의 가슴속 깊이 심어졌고,
지금도 쇠스랑개비라는 말을 들으면
할머니의 뺨이 살그머니 붉어진다.

나이는 200살,
고향은 구산리

쇠스랑개비 왔냐는 인사말에 이어 나는 여러 가지를 할머니에게 습관처럼 물었다. 연세와 고향에 대한 질문이었다. 나는 아침부터 밤까지 하루에도 여러 번 연세와 고향을 여쭤보았다.

"연세가 어떻게 되세요?"

"200살."

"고향은 어디예요?"

"경기도 고양군 송포면 구산리."

100세까지 살아 계신 건 대단한 일이지만, 요새는 워낙 장수하는 분들이 많아져서 100세까지 사는 일을 신기하게 여기지 않는 시대가 됐다. 그런데 200세라면 이야기가 사뭇 달라진다. 200살이라는 대답에 사람들의 눈은 휘둥그레졌다.

할머니와 함께 외출할 때 연세를 물어보는 이들이 더러 있었다. 그때마다 100살이라는 할머니의 대답에 다들 감탄하는 동시에 정정하시다며 존경의 눈빛을 보냈다. 감사한 관심이었으나 이런 반응이 되풀이되다 보니 조금 지루해졌다. 더 재미난 답변이 없나 싶었다. 그래서 200살을 권했다.

처음에 할머니는 무슨 200살이냐고 손사래를 쳤으나 차츰차츰 받아들였다. 연세가 어떻게 되시느냐는 물음에 당당히 "200살"이라고 답하셨다. 예상치 못한 대답에 물어본 사람은 깜짝 놀라면서 웃었고, 할머니도 덩달아 웃었다.

할머니는 나이만큼이나 고향을 중시했다. 요즘 사람

들은 대부분 도시에서 태어난 데다 워낙 이사도 잦아서 고향에 대한 애착이 옅은 것 같다. 도시의 풍경은 고만고만하고, 그런 만큼 사람들도 고향에 큰 의미를 두지 않는다. 하지만 앞 세대에게 고향의 의미는 어마어마했다. 각 고장 특유의 산과 들과 바다에서 나고 자란 사람들에게 고향이란 자신의 뿌리 그 자체였다. 고향이라는 말이 귓가를 맴돌 때마다 할머니의 마음속에는 1920년대 고양군 송포면 구산리의 풍경이 아득하게 펼쳐졌다.

할머니가 지쳐 보이면 나는 어김없이 연세와 고향을 물었다. 그러면 할머니는 왜 똑같은 걸 계속 묻냐고 나무라면서도 자신의 나이와 고향에 대해 한결같이 답했다. 나이와 고향을 되새기면서 할머니는 힘을 냈다. 고향의 정기를 받아 200세까지 건강하게 살기를 바라며 나는 지겹도록 나이와 고향을 물었다. 나이와 고향을 통해 자신을 잊어버리지 말고, 할머니가 스스로 놔 버리고 싶은 삶의 끈을 다시 꼭 쥐도록 자극했다.

200살이라는 할머니의 대답에 나도 웃음이 지어졌

다. 정말로 할머니가 200세까지 살 수 있을 것 같았다. 그런데 할머니에게 연세를 물을 때마다 나의 마음은 미묘하게 술렁였다. 할머니가 200살까지 사시기를 바라는 한편 정말 200살까지 사시면 어떡하나 하는 마음이 고개를 들었다. 노인을 보살피는 일은 대단히 힘겹기 때문이었다.

흔히들 장수를 축복이라고 일컫는데, 장수가 정말 축복받은 일인지 의문이다. 조금만 시선을 돌리면 장수하는 사람 곁에서 밤낮으로 돌보는 사람들이 보인다. 장수하는 사람이 받은 축복만큼 노인 옆에 있는 사람들도 축복받은 것일까? 나는 200살이라고 대답하는 할머니를 보듬으면서 과연 나도 축복받은 삶을 살고 있는지 이따금 의문에 빠지곤 했다.

200살이라는 할머니의 대답에 나도 웃음이 지어졌다.
그런데 한편으로는 정말 200살까지 사시면
어떡하냐는 마음이 고개를 들었다.
노인을 보살피는 일은 대단히 힘겹기 때문이었다.

할머니,
다이죠부!

    나이와 고향에 이어 할머니에게 묻는 것이 또 있었다. 일본어였다. 할머니는 일제강점기 시절에 소학교를 다녔고, 그때 듣고 배운 일본어를 조금 할 줄 알았다. 나는 어깨너머로 주워들은 일본어를 할머니에게 물었다.

"아침 인사가 일본어로 뭐예요?"

"오하요오."

"점심 인사는 뭐예요?"

"곤니치와."

"저녁 인사는 뭐예요?"

"곤방와."

"헤어질 때는 뭐라고 해요?"

"사요나라."

여기에 더해 '고마워요'와 '미안해요'를 물으면 할머니는 '아리가토' 그리고 '스미마셍'이라고 말했다. 이어서 아버지와 어머니, 돈과 꽃, 선생님과 학생이 일본어로 뭐냐고 물으면 할머니는 곧바로 대답했다. 학교에서 한국어를 쓰면 혼쭐이 나던 시절이라 할머니는 두려움 속에서 일본어를 익혔다. 어릴 때 공포 속에서 새겨진 일본어는 100년이 지나가도 잊히질 않았다.

알고 있는 일본어를 되풀이하는 가운데 할머니의 인지능력이 쇠퇴하지 않도록 새로운 일본어를 알려 드렸다.

'잘 자라'는 인사말 '오야스미'였다. 할머니는 낯설어하면서도 금세 익혔다. 밤에 할머니의 머리맡에서 '잘 자라'가 뭐냐고 물으면 할머니는 "오야스미"라고 답했다. 그럼 나 역시 할머니가 고통 없이 푹 자기를 바라며 "오야스미"라고 속닥였다. 할머니는 "오야스미"를 웅얼거리고는 이윽고 단잠에 빠져들었다. 어둠 속에서 할머니를 물끄러미 바라본 뒤 나는 할머니가 덮고 있는 이불의 끄트머리를 괜히 한 번 더 매만지곤 했다.

오야스미와 더불어 할머니가 어렵사리 받아들인 일본어가 있었다. '괜찮다' 또는 '문제없다'라는 뜻의 '다이죠부'였다. 수많은 단어 가운데 나는 다이죠부에 꽂혔고, 틈만 나면 일본어로 '괜찮아요'가 뭐냐고 물었다. 200살 할머니가 괜찮기를 바랐고, 나의 상태 역시 괜찮기를 바라는 마음에서 다이죠부를 골랐다.

마음이 흔들릴 때마다 괜찮아지기를 바라며 속으로 '다이죠부'를 되풀이했다. 마법의 주문을 걸듯 할머니에게 '괜찮아요'가 뭐냐고 묻고 또 물었다. 할머니가 "다이죠부"라고 답하면 마치 험난한 고비를 넘은 듯한 안도감이 밀려들었다. 할머니가 정답을 맞히길 바라며 나또한 '다이죠부'를 되뇌었다.

할머니와 함께하는 하루하루는 한마디로 《노인과 바

다》였다. 여러 위험이 상어 떼처럼 할머니와 나를 덮치려고 주위를 맴돌고 있었다. 그래도 할머니의 입에서 '다이죠부'라는 말이 시원하게 나오면, 파도로 출렁이던 험한 바다가 잠잠해지는 것만 같았다. 할머니와 나는 '다이죠부'라는 뗏목을 타고 위태로운 나날을 건넜다.

마음이 흔들릴 때마다 마법의 주문을 걸듯
할머니에게 '괜찮아요'가 뭐냐고 묻고 또 물었다.
할머니가 "다이죠부"라고 답하면
마치 험난한 고비를 넘은 듯한 안도감이 밀려들었다.

기저귀
사수 작전

　아침은 언제나 바빴다. 출근을 준비하는 사람처럼 노인을 돌보는 사람 역시 분주할 수밖에 없었다. 나는 눈을 뜨자마자 부리나케 할머니를 화장실로 모셨다. 할머니를 변기에 앉히고는 젖은 기저귀를 돌돌 말아 쓰레기봉투에 넣은 뒤 새 기저귀를 휠체어에 깔아 놓았다. 할머니는 화장실에 늘 놓아 두는 보행기에 의지한 채 용변을 봤다.

　어느 정도 기력이 있었을 때 할머니는 한밤중에 속기저귀를 스스로 갈았다. 젖은 속기저귀를 말아서 침대

밑으로 던져 두고는 새 기저귀로 바꿨다. 그렇지만 점차 기저귀를 바꿔 끼우는 일이 어려워졌다. 갈다가 실패해서 기저귀뿐 아니라 이불까지 젖어 버리곤 했다. 기저귀를 갈다가 실패하면 침대는 그야말로 아수라장이 되어 버렸다.

기저귀를 혼자 바꾸다가 사고가 생길 수도 있으니 할머니에게 축축하더라도 참으라고 요청했다. 할머니는 젖은 기저귀를 찬 채로 자야 했다. 젖은 기저귀를 밤새 차고 있는 건 괴로운 일이었다. 젖은 기저귀를 차고 있으면 엉덩이가 짓물렀고, 군데군데가 까졌다. 더구나 여름이면 가려움을 일으켰다. 할머니는 가렵다고 소리를 지르거나 잠결에 기저귀를 통째로 훌러덩 벗어서 던져 버리곤 했다. 그럼 침대가 엉망이 되었다.

할머니는 용변을 통제하지 못했다. 오줌이 저절로 새어 나왔다. 어쩔 수 없이 하루 종일 기저귀를 차야 했다. 나중에는 자신이 소변을 봤는지도 몰랐다. 젖은 기저귀를 바로바로 갈아 주기가 어려웠다. 할머니는 소변이 마렵지 않다고 했으면서도 막상 변기에 앉으면 바로 오줌이 나오곤 했다.

어쩔 수 없이 내가 기저귀 상태를 점검해야 했다. 나는 한 시간 반에서 두 시간마다 할머니를 화장실로 옮겼다. 이따금 세 시간 만에 화장실에 갔는데도 아직 기저귀가 뽀송뽀송할 때가 있었다. 하지만 조금이라도 방심하면 어김없이 기저귀는 눅눅하게 젖어 버렸다. 할머니를 변기에 앉히고 기저귀를 살폈는데 이미 젖어 있을 때면 나는 울상이 되었다. 기저귀를 깨끗하게 지키라는 명령을 받았으나 적에게 빼앗긴 군인의 심정이었다. 기저귀의 보송보송함을 사수하기 위해 나는 꼬박꼬박 제시간에 할머니를 화장실 변기에 앉혔다.

너무 빈번한 것 같아도 그 덕분에 할머니의 기저귀를 지킬 수 있었다. 보통 하루에 2~3개의 기저귀를 가는데, 운이 좋으면 아침에 교환한 새 기저귀를 밤까지 차고 있을 수 있었다. 밤까지 보송보송한 기저귀를 보면 뿌듯했다. 할머니 역시 깔끔하게 하루를 보내니 기분이 산뜻할 수밖에 없었다.

나는 할머니가 화장실 가야 하는 시간을 재면서 하루

를 보냈다. 할머니는 하루에 보통 10~15번 정도 화장실에 갔다. 할머니를 들어서 옮길 때면 할머니의 무게를 오롯이 느낄 수 있었다. 할머니의 무게는 내가 짊어져야 삶의 무게이기도 했는데, 그 무게가 그리 버겁지만은 않았다. 할머니의 몸무게가 늘었을 때 나는 기쁨을 느꼈다. 할머니의 늘어난 몸무게는 할머니가 건강하다는 신호이자 내가 잘하고 있다는 증거이기도 했으니까.

할머니를 변기에 앉히고 기저귀를 살폈는데
이미 젖어 있을 때면 나는 울상이 되었다.
기저귀를 깨끗하게 지키라는 명령을 받았으나
적에게 빼앗긴 군인의 심정이었다.

이가 없으면
잇몸으로

　화장실에 다녀온 뒤 할머니를 식탁으로 옮겼다. 할머니는 삼시 세끼를 꼬박꼬박 드셨다. 배고픈 부모 밑에서 태어나 허기 속에서 자란 세대답게 밥 먹는 걸 귀하게 여겼다. 할머니는 아침을 알뜰하게 먹고는 하루를 알차게 맞았다. 아침을 먹었을 때와 굶었을 때 뿜어지는 기운이 다를 수밖에 없었다.

　나도 어린 시절에는 할머니의 보살핌 속에서 세끼를 먹었다. 아침 식사는 당연했다. 그렇지만 더는 성장기가 아니라서 아침을 굳이 챙겨 먹지 않게 되었다. 인류는 오랫동안 아침을 먹지 않았다는 얘기에 영감을 받기도 했다. 헤아릴 수 없는 시간 동안 인류의 조상들은 음식을 확보하기가 쉽지 않았고, 획득한 식량도 오랫동안 보관하기가 어려웠다. 선사시대 사람들은 채집과 사냥에 성공해서 하루를 풍족하게 먹었더라도 이튿날에는 먹거리를 찾아 움직일 수밖에 없었다고 한다.

인류의 신체는 수렵·채집을 하던 옛날과 별로 다르지 않다. 아침 식사를 균형 있게 하면 활력이 생겨나지만 그렇다고 꼭 먹어야만 하는 건 아니다. 우리의 신체는 배고픔을 견디도록 진화해 왔기에 간헐적으로 단식하면 더 건강해진다. 현대에는 너무 많은 열량이 오히려 비만이라는 문제를 낳고 있기도 하다.

이런 맥락에서 수십 년 동안 먹던 아침 식사를 멈췄다. 처음에는 어색했으나 금세 적응했다. 때때로 꼬르륵 소리가 들리면 무척 반가웠다. 몸이 원활하게 돌아가면서 더 건강해지는 노랫소리로 들렸다.

할머니의 아침 식사를 차려 주고는 곁에 앉아 과일과 견과류를 가볍게 먹었다. 할머니가 식사하는 모습을 물끄러미 바라보다가 할머니도 금식하면 어떻냐고 의뭉스럽게 말을 건넸다.

"오늘 하루는 금식하는 거 어때요?
"무슨 소리야, 밥은 먹어야지."
"종교인들도 가끔 단식하잖아요. 이따금 굶으면 도리어 좋아요. 한 끼만 건너뛰어 볼까요?"
"굶긴 왜 굶어. 나는 금식 안 해."

할머니는 한국인이라면 모름지기 밥을 잘 먹어야 한다는 생각이 뼛속 깊이 박혀 있었다. 밥을 향한 할머니의 애착에 웃음이 절로 났다. 나는 심심해지면 할머니에게 금식을 권했고, 할머니는 매번 똑같은 대답을 했다.

할머니의 치아는 다 빠졌으나 잇몸은 아직 남아 있었다. 할머니는 잇몸으로 곱게 갈린 죽을 오물오물 씹어 삼켰다. 팔에 힘이 부족해서 숟가락으로 죽을 뜨다가 팔이 떨렸고, 죽을 흘리곤 했다. 그래서 아기처럼 앞치마를 한 채로 식사를 해야 했다. 그럼에도 할머니는 식사를 거르지 않았다. 하루 세 끼 꾸준히 드셨다. 어릴 적 배고픈 설움에 오래 시달렸던 할머니는 자기 앞에 차려진 밥을 소중히 잡수셨다.

비록 진수성찬은 아니더라도 정성껏 먹는 음식은 보약과도 같았다. 할머니는 날마다 밥이라는 보약을 섭취한 셈이었다. 할머니가 100세까지 장수하는 데는 밥심이 한몫 톡톡히 했다.

치아는 다 빠졌으나 아직 잇몸은 남아 있었다.
할머니는 잇몸으로 곱게 갈린 죽을 오물오물 삼켰다.
어릴 적 배고픈 설움에 오래 시달렸던 할머니는
자기 앞에 차려진 밥을 소중히 잡수셨다.

식사 시간의
기쁨과 슬픔

　할머니가 먹는 음식은 슴슴했다. 치아가 다 빠진 할머니가 드실 수 있는 건 겨우 밍밍한 죽뿐이었다. 당뇨 증세가 있는 데다 고혈압이라 어쩔 수 없었다. 어머니는 쌀이 들어간 미숫가루에다 견과류와 브로콜리 같은 채소를 갈아서 죽을 만들어 놓았다. 약간의 간이 되었어도 싱거울 수밖에 없었다. 간이 세면 할머니의 건강에 좋지 않은 영향을 끼쳤다.

　살기 위해서 먹어야 했지만 싱거운 죽만 내내 먹는 건 애처로운 일이었다. 할머니는 무미건조하게 하루 세끼를 먹었다. 15년 동안 군만두만 먹어야 했던 영화

〈올드보이〉의 주인공 오대수와 비슷했다. 커다란 만족 감을 얻기는 어려운 식사였다.

맛있는 음식은 커다란 즐거움을 안긴다. 정성이 가득 들어간 훌륭한 요리를 접하면 꽉 닫혔던 마음마저 살며시 열린다. 반면에 입에 물린 음식을 지겹도록 먹으면 흥겨웠던 마음조차 싸늘하게 식어 버린다.

식사하는 동안 할머니는 자꾸 눈길을 돌렸다. 어머니와 내가 무언가를 먹고 있는지 힐끔거렸다. 그럼 나는 어떻게든 할머니에게 조금이라도 맛을 보여 주려고 시도했다. 면류는 한참을 더 끓여 퉁퉁 불려서 주었고, 다른 음식들은 짓뭉개고 으깼다. 할머니는 내가 건넨 음식들에 호기심을 보이면서 입에 넣었지만 좀처럼 삼키지 못했다. 맛을 좀 보다가 삼켜지지 않는 음식을 뱉어 버렸다.

잇몸만으로는 죽이 아닌 음식들을 먹기가 어려웠다. 할머니는 새로운 음식을 향한 관심을 이내 접고는 자신의 죽을 떠먹었다. 하지만 잠깐이라도 다른 음식을 맛보는 건 별로 좋지 않았다. 방금 맛을 본 음식과 달리

맛이 밋밋한 죽을 입에 가져가려고 하니 선뜻 손이 안 나가는 모양이었다. 꼬박꼬박 밥을 챙겨 드시던 할머니였지만 그럴 때면 숟가락을 내려놓았다. 나는 할머니를 격려하면서 남은 죽을 다 먹어야 한다고 다독였다.

먹을 수 있는 게 별로 없더라도 최대한 식사의 즐거움을 누릴 수 있도록 해 드리고 싶었다. 명란젓이나 김 같은 짭조름한 반찬을 할머니 전용으로 식탁 위에 올렸다. 국이나 탕은 건더기를 다 건진 상태로 그릇에 국물만 담아 죽 옆에 놓았다. 죽에다 조금의 간장이나 초고추장 양념을 곁들이기도 했다.

당뇨와 고혈압이 더 나빠지지 않는 선에서 할머니에게 먹는 즐거움을 선사하려 했다. 그렇게 노력하는 만큼 할머니의 식사 시간은 짧아졌다. 곱게 갈린 죽일지라도 잇몸으로 삼키는 건 호락호락한 일이 아니었다. 게다가 할머니의 숟가락질이 시원치 않아 식사 시간은 대개 한 시간이 넘어갔다. 하지만 조금이라도 짭짤한 반찬이 주어지면 식사 시간은 짧아졌다.

할머니의 식사 시간은 정직했다. 시간이 짧으면 만족스러운 식사였고, 길면 불만족스럽다는 뜻이었다. 더구나 식사 시간은 할머니의 건강 상태를 알려 주는 지표였다. 할머니는 건강할 때 식욕도 왕성해지면서 조금 더 신속하게 식사를 마쳤다. 나는 시계를 보면서 할머니의 상태를 점검했다. 한 시간이 지나기 전에 식사를 끝내고 뒷정리까지 마치면, 나의 얼굴에서 미소가 피어올랐다. 반대로 한 시간을 넘기면 뭔가 잘못되어 가는 것 같아 초조해졌다.

할머니의 식사 시간은 정직했다.
짧으면 만족스러운 식사였고, 길면 불만족스럽다는 뜻이었다.
나는 시계를 쳐다보면서 한 시간 이내로 끝나면 안심했고
한 시간이 넘어가면 초조해졌다.

이빨도 없는데
이를 어떻게 닦아?

    할머니가 진지를 드시고 나면 치약을 묻힌 칫솔과 작은 대야 그리고 물잔을 가져다드렸다. 식탁은 세면대로 변신했다. 할머니는 양치질을 귀찮아했다. 마치 양치질을 하라고 하면 귓등으로도 안 듣는 아이처럼 굴었다. 양치질을 두고 할머니와 실랑이를 벌였다.

    "할머니, 칫솔 가지고 왔으니까 이제 양치질하세요."
    "아니, 이빨도 없는데 무슨 이를 닦으라고 그래."
    "이빨이 없어도 잇몸이 있잖아요."
    "아이, 귀찮아. 그냥 안 닦으면 안 되냐."

"잇몸도 상하면 어떡하려고 그래요."

"……."

"어서요. 얼른 닦아요."

"에이, 정말 귀찮은데."

아이들이 이 닦기를 싫어하듯 할머니도 양치질을 성가셔했다. 하지만 잇몸이 위험하다는 말에 어깃장을 놓던 할머니도 움찔했다. 그제야 마지못해 칫솔을 향해 손을 뻗었다. 작은 대야를 자기 앞가슴에 바짝 대고는 칫솔을 들고 입속을 닦기 시작했다.

처음 하기가 어렵지 일단 양치질을 시작하면 열심히 했다. 할머니는 구석구석을 닦은 뒤 작은 대야에다 치약을 뱉었고, 물잔을 들어 입에 부은 뒤 보글보글 입을 헹궈서 뱉었다. 목에 두른 앞치마는 식사할 때부터 양치가 끝날 때까지 그대로 차고 있어야 했다. 음식물을 흘리듯 양칫물을 입에 넣고 뱉을 때 물이 흘러내렸기 때문이다. 물을 입에 넣고 뱉는 일은 생각보다 고난도의 작업이었다. 언제나 휴지가 할머니 곁에 있어야 했다. 입 주변도 닦고, 흘러내린 물도 닦아야 했다.

할머니가 양치질을 마치면 뒷정리를 할 차례가 왔다. 나는 작은 대야에 담긴 물을 버리고 할머니의 칫솔과 물잔을 씻은 뒤 행주와 휴지로 식탁에 남은 흔적들을 치우고 닦아 냈다. 이렇게 하루에 세 번 할머니의 식사와 양치질이 마무리됐다. 나는 날쌔게 식탁을 정돈한 뒤 다음 단계로 옮겨 갔다. 세면대로 변신했던 식탁은 다시 새롭게 변모했다. 할머니는 그대로 앉아 있는 가운데 할머니 앞에 놓이는 것들이 바뀌었다. 할머니에게 식탁은 그저 밥을 먹는 곳이 아니었다. 일상의 중심 공간이었다.

먹고 자기만 하면 연명은 할 수 있어도 사람다운 삶을 살 수는 없었다. 나는 할머니가 잘 먹고 잘 자고 잘 싸는지에 중점을 두고 돌봤지만, 그 정도에 그쳐서는 안 되었다. 나는 200살이라는 신대륙으로 나아가는 할머니의 항해가 신나기를 바랐다. 할머니가 무탈하게 일상을 맞는 가운데 흥미롭게 학습할 수 있도록 도왔다.

자신의 앞날이 좋게 바뀌리라는 희망까지는 아니더라도 적어도 할머니가 아침에 눈을 떴을 때 즐거움을 기대할 수 있기를 바랐다. 하지만 그런 노인이 얼마나 있을까 싶다. 어쩌면 노년이란 지독한 지루함과 징글징글한 괴로움이 번갈아 강타하는 하루하루일지 모른다. 언제 올지 알 수 없는 죽음을 기다리면서 외로움과 심심함 속에서 노인들의 눈빛은 을씨년스럽게 꺼져 간다.

　나는 할머니의 눈빛에 스산한 서글픔이 감돌지 않도록 최선을 다했다.

어쩌면 노년이란 지독한 지루함과 징글징글한 괴로움이
번갈아 강타하는 하루하루일지 모른다.
나는 할머니의 눈빛에
스산한 서글픔이 감돌지 않도록 최선을 다했다.

이래 봬도 난
월반한 여자야!

 깨어나서 잠들기 전까지 할머니는 주로 식탁에서 시간을 보냈다. 할머니는 늘 같은 자리에 머물렀어도 자기 앞의 상황은 줄기차게 바뀌었다. 나는 할머니가 따분하지 않도록 여러 가지를 준비했다.

 양치질이 끝난 뒤 나는 오늘이 며칠이고 무슨 요일이냐고 물었다. 그럼 할머니는 얼른 고개를 달력으로 돌렸다. 달력을 빠르게 훑어보며 할머니는 아리송한 표정을 짓곤 했다. 젊은 사람도 살다 보면 오늘이 몇 월 며칠인지 대번에 떠오르지 않는 때가 있듯이 할머니 역시 그러했다. 그래도 여러 가지로 추리해서 할머니는 얼추 오늘의 날짜를 맞혔다. 이어서 책을 조금 읽고, 글자를 쓰고, 화투를 하고, 색칠을 하고, 퍼즐을 맞추고, 루빅스 큐브를 돌렸다.

할머니의 노후는 식탁에서 보낸 시간으로 채워져 있었다. 식탁은 할머니의 교실이자 전장이었다. 하루하루 할머니의 인지능력이 떨어져 갔다. 총명했던 할머니가 어느새 고유명사를 잘 떠올리지 못했다. "그거 있잖아, 그거"라는 식으로 대명사를 주로 사용했다. 때로는 단어를 헷갈렸다. 휴지라는 낱말이 생각나지 않아 행주를 달라거나 헝겊을 달라고 요구했다. 상황과 맥락에 따라 할머니가 원하는 걸 헤아릴 수 있었으나 언어능력과 기억력의 쇠퇴를 그냥 손 놓고 지켜볼 수만은 없었다. 무슨 수를 써서라도 가로막아야 했다. 문자라는 무기가 필요했다. 문자를 통해 인지능력의 후퇴와 싸우는 전장이 바로 식탁이었다.

할머니는 책을 조금 읽은 뒤에 글자를 썼다. 내가 써준 단어들을 열 번씩 필사했다. 할머니는 단어 쓰는 일을 달가워하지 않았다. 자기가 100살인데 이 나이에 이

걸 왜 써야 하냐고 투덜거렸다. 그래도 100살 가운데 할머니가 글씨를 가장 예쁘게 쓴다고 토닥이면 살짝 미소를 머금고는 정성을 담아 한 글자 한 글자 눌러썼다. 손가락에 힘이 모자라서 글씨가 삐뚤삐뚤했지만 온 힘으로 필사하는 할머니를 바라보면 뭉클했다. 공책 한 권을 다 채우면 마치 한 학기 수업을 마무리한 것처럼 성취감을 느꼈다.

학교를 3년밖에 못 다녔다는 사실이 할머니에게는 천추의 한으로 남아 있었다. 무슨 이야기를 하다가도 갑작스레 자신이 학교를 3년밖에 못 다녔다는 걸 노래의 후렴처럼 읊곤 했다. 불행 중 다행이라면 여자아이가 학교에 다니는 걸 마뜩잖아했던 당시 사회 풍토 속에서 집안의 눈총을 받으면서도 할머니는 꿋꿋이 학교에 갔다는 점이었다. 학교 근처에 얼씬조차 하지 못한 아이들이 태반이었던 일제강점기였다. 그런 열악한 환경에서도 할머니는 1학년을 월반해서 4년 과정을 3년 만에 졸업했다. 월반은 할머니 평생의 자랑이었다.

할머니의 학습 의욕을 부추기는 일은 어렵지 않았다.

책 읽기 싫다고 투정을 부리면 책도 읽지 못하는데 어떻게 월반을 했냐면서 월반이 거짓부렁 아니냐고 도발했다. 그럼 할머니는 자신의 월반을 인정받기 위해서라도 책을 다시 붙잡고 어떻게든 읽으려고 애썼다. 그런 할머니의 의지가 대견했기에 나는 할머니를 격려했다. 이렇게 꾸준히 책을 읽고 글씨를 쓰면 중학교에 들어간 거나 다름없다고 얘기해 주었다. 나의 말에 할머니는 눈을 반짝이며 열중했다.

책을 읽고 글씨를 쓰는 동안 할머니는 학창 시절로 돌아갔다. 너무나 짧아 진한 아쉬움을 남긴 그 시절로 말이다. 할머니는 진지한 표정으로 식탁에서 학구열을 불태우며 노후를 맞았다. 할머니의 눈빛에서는 아이들의 초롱초롱함이 묻어났다.

책 읽기 싫다고 투정을 부리면
책도 읽지 못하는데 어떻게 월반을 했냐고 도발했다.
그럼 할머니는 다시 어떻게든 읽으려고 애썼다.
할머니의 눈빛에서는 아이들의 초롱초롱함이 묻어났다.

할머니,
다이죠부, 스미마셍

할머니는 아무래도 나이가 있어서 학습 성취도가 높지 않았다. 기존에 알던 것들도 까먹는 와중인데 새로운 뭔가를 학습하기는 어려웠다. 그래서인지 할머니는 '다이죠부'를 좀처럼 외우지 못했다. '괜찮아요'가 뭐냐고 물으면 처음엔 '다이죠부'라고 답했지만, '고마워요'와 '미안해요'를 물은 다음에 '괜찮아요'가 뭐냐고 재차 물으면 엉뚱한 대답을 하곤 했다.

"괜찮아요가 뭐예요?"

"다이죠부."

"고마워요는 뭐예요?"

"아리가토."

"미안해요는 뭐예요?"

"스미마셍."

"괜찮아요가 뭐였죠?"

"음, 아리가토 고자이마스."

이런 대화가 반복됐다. 이미 100년 가까이 간직해 온 일본어들 사이에 '다이죠부'는 좀처럼 자리매김하지 못했다. 다이죠부에 대한 기억은 언제든 사라질 수 있었다. 할머니의 입에서 다이죠부라는 말이 스러지면 할머니도 쓰러질 것만 같았다. 나는 조바심을 내면서 어떻게든 할머니가 다이죠부를 답할 수 있도록 묻고 또 물었다. 뒤늦게 접한 외국어가 쉽게 들어올 리 없는데도, 나는 실망했다. 내가 괜찮지 않아서였다.

할머니가 학교 시절을 떠올리면 학습 효과가 더 높을 것 같아서 시험을 치렀다. 나의 물음에 답변을 잘하면 보상을 받고 아니면 체벌을 받을 거라고 경고했다. 할머니는 긴장한 채 시험에 응했다. 할머니는 아침 인사부터 저녁 인사, '고마워요'와 '미안해요', 아버지와 어머니를 정확하게 답했다. 그렇지만 '괜찮아요'에서 또 막혔다. 할머니는 헷갈리는지 인상을 찌푸리다가 "스미마셍"이라고 답했다.

나는 혼이 나야 외울 수 있다면서 손바닥을 내밀라고 한 뒤 자그마한 막대기로 두 대 때렸다. 매를 맞은 할머니에게 괜찮아요는 다이죠부라고 단단히 일렀다. 다시 물어서 또 틀리면 또 맞을 거라고 엄포를 놓았다. 할머니는 "다이죠부, 다이죠부"라고 중얼거리면서 각오를 다졌다. 그렇지만 '고마워요'와 '미안해요'를 물은 다음에 '괜찮아요'를 질문하면 기억해 내지 못했다.

"괜찮아요가 뭐라고요?"

"……."

나는 할머니에게 손바닥을 다시 내밀라고 윽박질렀다. 할머니는 손바닥을 내밀면서 눈물을 흘렸다. 왜 우느냐고 묻자 자신이 이 나이에 손바닥을 맞아야 하느냐며 서러워서 눈물이 난다고 했다. 할머니의 눈물에 나도 울컥했다.

할머니가 학교 다니던 시절을 떠올리게 하려고 장난처럼 체벌을 가했는데, 어느새 역할극에 도취되어 버렸다. 할머니가 무서워했던 일본인 교사를 연기하다가 그 연기에 잡아먹힌 거였다. 나는 할머니의 눈물을 닦아주면서 나지막이 속삭였다.

"할머니, 다이죠부, 스미마셍."

할머니의 입에서 다이죠부라는 말이 스러지면
할머니도 쓰러질 것만 같았다.
나는 조바심을 내면서 어떻게든 할머니가
다이죠부를 답할 수 있도록 묻고 또 물었다.

뱀을 먹을까,
도마뱀을 먹을까

눈이 침침해진 할머니를 위해 글자가 큰 책들을 동네 도서관에서 빌려 왔다. 위인전부터 만화책까지 다양하게 대출하는 가운데 주로 초등학생용 동화책이나 옛날이야기를 빌렸다. 때때로 글자 크기가 큰 소설책을 가져와서 할머니에게 건네기도 했다.

할머니는 책 읽기를 좋아하지 않았다. 조금 읽는 척하다가 내가 곁에 없으면 냉큼 책을 덮어 버렸다. 내가 옆에서 책을 읽고 있으면 마지못해 책을 펼쳤다. 가끔 재미있는 옛날이야기가 나오면 이야기에 몰입해서는 구연동화를 하듯이 나에게 들려주었다.

그러던 어느 날 할머니가 큰 소리로 나를 불렀다. 정말 무슨 큰일이라도 난 것처럼 다급하게 나를 찾았다. 나는 헐레벌떡 할머니에게로 갔다.

"인아! 이리 와 봐. 빨리!"
"왜 그래요? 무슨 일 있어요?"
"이것 봐라. 얘네는 도마뱀을 먹는다."
"도마뱀?"
"그래, 도마뱀. 도마뱀을 먹는다 글쎄."
"먹을 수도 있죠. 왜요? 먹고 싶어요?"
"어떻게 도마뱀을 먹어!"

어느 원시 부족이 도마뱀을 먹는 만화에 할머니는 격렬하게 반응했다. 할머니가 도마뱀을 몹시 징그러워한다는 걸 그때 처음 알았다. 할머니는 도마뱀뿐 아니라 모든 파충류와 양서류를 징그러워했다. 그 뒤로 나는 커다란 왕도마뱀이 나오는 영상을 할머니에게 보여 주곤 했다. 그럼 할머니는 혐오와 호기심이 뒤섞인 눈빛으로 왕도마뱀을 구경했다. 나는 할머니가 조금 처져

있거나 졸려서 눈꺼풀이 감길 때마다 이렇게 농을 던지
곤 했다.

"할머니, 할머니, 일어나 봐요. 우리 배고픈데 도마뱀
이나 잡아먹을까요?"

"미쳤니. 도마뱀을 어떻게 먹어!"

"도마뱀이 좋아요? 뱀이 좋아요?"

"둘 다 싫지, 왜 그딴 걸 묻냐."

"도마뱀을 먹으면 힘이 솟아난대요."

"그래도 안 먹어. 웃돈을 줘도 안 먹어."

"뱀과 도마뱀 가운데 꼭 하나를 먹어야 한다면 뭘 먹
을 거예요?"

"둘 다 안 먹어. 죽으면 죽었지, 죽어도 못 먹어."

뱀을 향한 인간의 거리낌은 오랜 세월 대물림된 본능
이었고, 할머니의 마음속에서 활발하게 작용했다. 우리
의 마음은 생명에 위협이 될 만한 짐승을 징그러워하면
서 자신의 안위를 도모하도록 움직인다. 사람의 마음
에는 다양한 것들이 생겨나는데, 그 가운데서도 생존을

위한 이기심은 엄청나게 강력하다.

　이기심에 따라 나 또한 자기희생을 뱀처럼 싫어했다. 여태껏 자신을 뻗어 내고 뽐어내는 데만 주력했을 뿐, 숙이고 낮추려고 하지 않았다. 그런데 돌봄은 자신을 덜어 내고 비워 내는 일이었다. 돌봄은 그야말로 본능에 역행하는 수련이었다. 나는 수련하는 심정으로 할머니를 돌봤다.

> 나는 여태껏 자신을 뽐어내는 데만 주력했을 뿐,
> 숙이고 낮추려고 하지 않았다.
> 그런데 돌봄은 자신을 덜어 내고 비워 내는 일이었다.
> 나는 수련하는 심정으로 할머니를 돌봤다.

할머니는
기우제 점술가

책 읽기는 우리의 본능에 부합하는 활동은 아닐지 모른다. 젊은 학생들조차 책을 그다지 좋아하지 않는 걸 보면 말이다. 할머니도 비슷했다. 내가 자리를 뜨면 들고 있던 책을 덮었고, 쥐고 있던 연필을 내려놓았다. 우리의 마음은 진득하게 무언가를 탐구하기보다는 곧장 자신을 자극하는 것들에 더 끌리는 법이었다.

할머니가 책을 읽는 시간과 쓸 수 있는 글의 양은 한정되어 있었다. 어느 정도 시간이 지나면 할머니는 집중하지 못했다. 문자를 사용하면서 훈련하는 일은 누구에게나 고되고 할머니에게도 마찬가지였다. 억지로 밀어붙일 수는 없었다. 그 대신 할머니의 집중력이 유지되도록 흥미로운 것들을 제공했다. 책을 읽고 글자를 쓴 다음에는 식탁에 화투가 깔렸다.

할머니는 예전부터 화투를 즐겼다. 화투짝들을 펼쳐 놓고는 여러 절차를 통해 뒤집으면서 그날의 운세를 점치기도 했다. 할머니는 운세를 여러 번 점쳤다. 안 좋은 결과가 나오면 좋은 결과가 나올 때까지 점을 치는 것 같았다.

운세를 점친 다음에는 화투짝을 엎어 놓고 하나씩 뒤집으면서 짝을 맞추는 놀이를 했다. 맞춰진 순서대로 네 개의 묶음으로 분류한 뒤 한 묶음 안에 총 네 개의 패가 다 있는지 살폈다. 예를 들어 11을 뜻하는 똥광에다 쌍피와 그냥 피 두 개가 한 묶음 안에 들어가 있는지 확인하는 것이었다. 짝을 맞추더라도 맞춰진 순서에 따라 네 묶음으로 분류하다 보면 같은 계열의 패가 함께 있는 경우가 드물었다. 네 개의 패가 다 있으면 할머니는 그걸 의미가 있다고 여겼다.

화투에는 1부터 12까지 숫자가 매겨져 있는데, 할머니는 그에 따른 의미를 부여하고 있었다. 자신의 어머니나 동네 아주머니들로부터 물려받은 정보 같았다. 그렇지만 꼭 그렇게 해석하란 법은 없었다. 내가 화투짝마다 새로운 의미로 해석했더니 할머니의 눈이 휘둥그레졌다.

1에 해당하는 학이 그려진 광에는 손님이 온다는 뜻을 부여했다. 2, 매화꽃이 그려진 꾀꼬리 그림은 할머니가 산책할 때 만난 새들을 의미했다. 3, 벚꽃은 얼굴에 웃음꽃이 피었다고 해석했다. 4, 검은 흑싸리가 그려진 두견새는 할머니 머리에 검은 머리카락이 난다는 의미였다. 5, 난초처럼 보이는 붓꽃 그림은 화분에 물을 주라거나 목욕을 해야 한다는 뜻이었다. 6, 목단이라고도 불리는 모란은 기쁨을 뜻했다. 7, 맷돼지가 그려진 싸리 그림은 건강하다는 의미였다. 8, 보름달이 그려진 광은 까만색이 많은 만큼 잠을 푹 잔다는 의미를 부여받았다. 할머니가 국순이라고 부른 9는 국화가 그려져 있는데, 할머니가 태어나면서 받은 복주머니라고 해석했다. 10, 단풍 사슴은 국기에 단풍이 그려진 캐

나다를 가리켰다. 할머니가 낯선 외국어를 익히도록 캐나다라는 단어를 도입했다. 11은 똥광으로 똥을 시원하게 눈다는 뜻으로 받아들였고, 12는 비광으로 비가 내린다는 의미였다.

할머니는 화투에 몰두했다. 시간 가는 줄 모르고 노셨다. 화투의 짝이 다 뒤집힌 뒤 네 개의 패가 한꺼번에 모인 것들이 있으면 나를 불러 보여 줬다. 그러면 나는 맞춘 패를 해석해 줬다. 나는 할머니의 영검한 점술가였다.

화투짝들로 그날의 운세를 점쳤다.
할머니는 운세를 여러 번 점쳤다.
안 좋은 결과가 나오면
좋은 결과가 나올 때까지 하는 것 같았다.

화투꽃이
피었습니다

　화투를 친 노인의 인지능력이 개선되었다는 기사를 접한 뒤 나는 할머니에게 적극적으로 화투를 권했다. 덤으로 할머니가 화투에 몰입하는 동안에는 나만의 시간을 어느 정도 가질 수 있었다.

　물론 혼자만의 시간은 금방 끝났다. 내가 옆에 없으면 머지않아 할머니가 나를 불렀다. 화투의 짝이 맞은 거였다. 다급하게 나를 찾는 할머니의 외침에 따라 나는 식탁으로 올 수밖에 없었다.

　"인아, 인아, 인아, 인아!"

"왜 불러요?"

"이거 봐라. 이렇게 났다."

화투짝을 보니 3과 6의 패가 모여 있었다. 나는 6을 가리키면서 물었다.

"할머니, 이건 뜻이 뭐죠?"

"기쁨이지."

할머니는 기존의 방식을 버리고 내가 부여한 의미로 패를 해석했다. 나는 할머니에게 기쁜 일이 뭐가 있냐고 물었다.

"6 기쁨이 나왔네요. 그럼 할머니는 오늘 뭐가 기뻐요?"

"기쁠 게 뭐 있냐? 내가 걸을 수가 있냐, 씹어 먹을 수가 있냐."

"그래도 이렇게 화투를 할 수 있는 게 기쁨이 아닐까요? 팔은 아직 움직일 수 있다는 게 기쁨이 아닐까요?"

"……."

매사 퉁명스러운 할머니에게 어떻게든 기쁨의 요소를 찾아내려는 나의 노력은 딱히 통하지 않았다. 할머니는 6이 기쁨이라는 나의 해석 체계를 받아들였지만 자신에게 기쁨이 무엇인지는 찾으려고 하지 않았다. 할머니는 다음 패에 관해서 이야기하길 원할 뿐이었다. 어쩌면 이렇게 화투를 두고 상호작용하는 것 자체가 기쁨이었을지도 몰랐다. 화투의 기쁨을 누리고 있는 할머니에게 나는 3의 의미를 물었다.

"그럼 이건 뜻이 뭘까요?"
"얼굴에 꽃이 피었다는 뜻이지."

벚꽃 패를 보면서 할머니가 답했다. 할머니의 말이 끝나기 무섭게 나는 다짜고짜 내 얼굴 밑에다 양손으로 꽃받침을 만들면서 외쳤다.

"얼굴에 꽃이 피었습니다."

처음에는 쑥스럽고 손발이 오그라들었지만, 할머니에게 웃음을 줄 수만 있다면 못 할 게 없었다. 나는 3이 나올 때마다 얼굴 밑에 꽃받침을 했다. 그러고는 먼저 시범을 보였으니 할머니도 해야 한다고 우겼다. 할머니는 나를 보면서 덩달아 자신의 턱에 양손으로 꽃받침을 만들고는 웃으며 말했다.

"얼굴에 꽃이 피었습니다."

화투를 하는 가운데 벚꽃 패가 나올 때마다 할머니와 나의 얼굴에서는 웃음꽃이 피어났다.

나는 내 얼굴 밑에다 양손으로 꽃받침을 만들면서 외쳤다.
"얼굴에 꽃이 피었습니다."
할머니도 덩달아 양손으로 꽃받침을 만들고는 말했다.
"얼굴에 꽃이 피었습니다."

모조리
씻겨 내려가기를

화투짝 가운데 12 비광의 의미는 사뭇 달라졌다. 처음에는 비의 패 네 개가 모이면 오늘이나 내일 비가 온다는 예보로 여겼다. 그러다가 해석을 확 바꿨다. 마음의 응어리가 비에 씻겨 내려간다는 뜻으로 탈바꿈했다. 비에 먼지가 씻기듯 할머니 마음에 쌓인 앙금이 말끔하게 씻겨 내려가길 바라는 마음으로 새로운 의미를 부여한 것이다. 12가 나올 때마다 내 손을 위에서 아래로 움직여 씻겨 내려가는 동작을 취했다.

"인아, 인아, 인아, 인아!"

"왜 불러요?"

"이거 봐라. 이렇게 났다."

화투짝을 보니 12 비광의 패가 다 있었다. 나는 할머니에게 이 패의 의미를 물었다.

"할머니, 이건 뜻이 뭐지요?"

"비지."

"비가 어디에 온다고?"

"내 가슴에."

"맞아요. 할머니 가슴으로 비가 내려서 다 씻겨 가네요. 미움도 슬픔도 다 씻겨 내려가네요."

"……."

"그럼 지금 미운 사람이 있어요, 없어요?"

"있어."

"비가 내려서 다 씻겨 내려갔다니까요. 원망이 있어요, 없어요?"

"……."

"원망이 있어요, 없어요?"

"없어."

억지로 받아 낸 대답이긴 하지만, 말이 씨가 되길 바랐다. 할머니가 증오도 내려놓고 억울함도 털어 버리길 바라며 주문을 걸듯 모든 게 씻겨 내려간다고 중얼거렸다. 할머니가 마음의 짐들을 덜어 내는 데 이바지하길 바라며 손으로 씻겨 내려가는 동작을 힘껏 취했다.

그렇지만 과연 할머니의 마음속에서 미움과 슬픔이 다 씻길 수 있을지는 의문이었다. 그래도 한 번에 사라지진 않더라도 조금씩 옅어질 수 있을 것 같았다. 가슴 한편에 원한과 후회를 간직하는 건 너무나 괴로운 일인데, 할머니 가슴은 많은 상처로 뒤범벅되어 있었다. 100년이라는 삶이 깔끔할 수는 없을 테니 이해가 되었지만, 언제까지 응어리를 품고 살 수는 없는 노릇이었다. 어느새 할머니는 200살을 향해 가고 있었고, 사랑만 표현하기에도 하루하루가 너무 짧았다.

비가 내린 뒤 환하게 갠 하늘처럼 할머니의 마음도 비광이 나올 때마다 개운해지길 나는 염원했다. 비가 그친 하늘에 무지개가 생겨나는 것처럼 폭풍우 같은 삶을 견뎌 온 할머니의 노후가 아름답길 기도했다.

할머니 가슴은 많은 상처로 뒤범벅되어 있었다.
하지만 언제까지 응어리를 품고 살 수는 없지 않은가.
어느새 할머니는 200살을 향해 가고 있었고,
사랑만 표현하기에도 하루하루가 너무 짧았다.

삶이
예술이 되는 순간

식탁에서는 나름의 예술 수업도 이뤄졌다. 할머니를 위한 미술이었다. 여자 친구가 이따금 집에 놀러 와서 할머니를 살피곤 했는데, 할머니가 색칠 공부를 하면 좋을 것 같다며 화투 그림이 그려진 공책과 색연필을 선물했다.

그런데 할머니는 딱히 미술에 관심이 없는 듯했다. 화투를 좋아했으나 화투 그림에다 색칠하는 일에는 별다른 흥미를 보이지 않았다. 자기가 왜 이걸 해야 하는지 모르겠다면서 조금 칠하다가 색연필을 놓아 버렸다. 내려놓은 색연필을 다시 손에다 쥐여 주면, 할머니는 한숨을 내쉬며 계속 칠했다.

　나는 색칠 공부를 열심히 하도록 할머니를 자극했다. 할머니가 학교를 3년밖에 못 다녀서 미술 공부를 하지 못했는데, 이렇게라도 미술 공부를 따로 해서 중학교에 진학해야 한다고 주장했다. 황당한 표정을 짓고 있는 할머니에게 나는 여러 노인이 뒤늦게 학교에 들어가 졸업장을 받았다는 기사를 보여 주곤 했다. 그러면 할머니는 예술혼을 불태우는 화가처럼 색칠을 했다. 꼭 중학교에 진학하려는 목적은 아니었더라도 학교를 3년밖에 못 다니고 미술 공부를 하지 못했던 한을 풀려는 행위처럼 느껴졌다.

　색칠 공부는 화투 그림과 자신이 칠한 색을 비교하면서 작업해야 했기에 할머니의 인지능력 향상에 도움이 되었다. 꼭 인지능력의 저하를 막는 목적이 아니더라도 예술은 사람다운 삶에 필요한 일이었다. 거동이 불편한 할머니에게는 먹고 싸고 자는 일을 제외한 많은 것들이 사라져 갔다. 그렇게 연명만 할수록 삶은 황량해졌다.

황폐해지는 할머니의 삶에 생기를 북돋는 시간이 색칠 시간이었다. 색칠 공부는 할머니의 마음에 예술성을 더했다. 돈이 되거나 쌀이 나오지는 않았어도 색칠 공부를 통해 색감이 발달했고, 새로운 감정이 지펴졌다. 장인이 자신의 연장을 그윽하게 바라보다가 소중하게 사용하듯, 할머니는 색연필을 가만히 바라보다가 필요한 색연필을 꺼내어 색칠 작업에 몰두했다. 나이가 들수록 칙칙해졌던 할머니의 마음이 미술 활동을 통해 한결 산뜻해졌다.

채색이 쉽지만은 않았다. 할머니는 쩔쩔매며 채색을 했다. 그래도 멈추지는 않았다. 시작할 때는 늘 자신이 왜 이걸 해야 하는지 모르겠다고 구시렁거렸지만 일단 색연필을 쥐면 일정한 여백은 꼭 다 채웠다. 물론 꼼꼼하게 칠하지 않고 대충 채운 다음 덮어 버릴 때도 있긴 했지만 말이다.

그러면 나는 매의 눈으로 할머니가 색칠한 걸 확인한 뒤 마저 다 칠해야 한다며 할머니의 손에 색연필을 다시 쥐어 주었다. 할머니는 나를 잠깐 째려본 뒤 묵묵히 비어 있는 공간을 색칠하는 일에 착수했다. 할머니가 어여쁘게 색칠하는 모습을 볼 때마다 나의 마음도 알록달록 물들어 갔다.

할머니의 색칠은 창조나 다름없었다. 아무것도 없었던 곳에 색깔이 정교하게 칠해지면서 뚜렷한 형상을 만들어 냈다. 할머니는 그 순간 예술가였다. 예술가들이 배고픔에 허덕이더라도 굳이 어려운 길을 가는 까닭은 창조의 만족감이 어마어마하기 때문일 거다. 살면서 배부름의 만족감도 물론 중요하나, 창조의 만족감은 또 다른 큰 기쁨이 되어 준다.

> 할머니의 색칠은 창조나 다름없었다.
> 아무것도 없었던 곳에 색깔이 정교하게 칠해지면서
> 뚜렷한 형상을 만들어 냈다.
> 할머니는 그 순간 예술가였다.

퍼즐 지옥에
빠진 날

일상에서 할머니는 무언가를 해야만 했다. 뭐라도 한다는 게 중요했다. 멍하니 보내는 일상만큼 마음이 멍드는 일도 없었다. 노인 앞에 펼쳐진 하루는 허망하게 허전했다. 노인들이 아침부터 저녁까지 예능 프로그램이나 잡다한 영상을 들여다보는 일 자체가 삶의 쓸쓸함을 증명했다. 세상의 노인들이 얼마나 외롭고 심심할지 나는 할머니를 통해 엿볼 수 있었다.

할머니가 하루 종일 텔레비전만 멀뚱멀뚱 쳐다보지 않도록 나는 놀이를 제공했다. 할머니에게 익숙한 화투

말고도 새로운 감각의 퍼즐을 준비했다. 이 퍼즐에는 "자연의 향기 건강한 미래 차"라는 문구가 적혀 있었다. 할머니가 퍼즐을 다 맞추고 난 다음 눈을 가리면 할머니는 이 문구를 외워서 맞혀야 했다. 암기는 좀처럼 진척되지 않았다. '자연의 향기'가 기억나면 '건강한 미래'가 떠오르지 않았다. 하루에도 여러 번 할머니의 눈을 가렸으나 할머니가 단번에 맞히는 일은 드물었다.

할머니는 퍼즐에 흥미를 보였고, 갈수록 퍼즐을 완성하는 데 걸리는 시간이 줄어들었다. 할머니가 퍼즐을 맞추는 동안 내게는 자유 시간이 생겼기에 퍼즐을 신속히 완성하는 할머니를 바라보면 놀라움과 함께 아찔함이 솟아올랐다. 내가 숨 돌릴 새도 없이 재빠르게 퍼즐을 다 맞춘 뒤 할머니는 나를 불렀다. 다 맞춘 퍼즐을 내가 헝클어 놓으면 할머니가 다시 맞추는 일이 줄기차게 반복됐다. 하루에도 여러 번 퍼즐을 맞췄기에 퍼즐 조각은 점점 닳아 갔다. 나는 퍼즐을 다양하게 구매했고, 할머니는 여러 퍼즐을 돌아가며 맞췄다. 지겨울 법도 했건만 할머니는 지친 기색 없이 퍼즐을 맞췄다.

할머니가 퍼즐을 조금 더 오래 맞추도록 나는 "자연의 향기 건강한 미래 차"가 적힌 한 줄의 퍼즐을 미리 반대 방향으로 끼워 넣는 함정도 파 놓았다. 그러면 할머니는 이미 끼워져 있는 퍼즐에다 다른 퍼즐 조각을 끼워 넣기 시작했다. 퍼즐의 바닥 골판지에 퍼즐 모양을 일러 주는 희미한 선이 그어져 있었는데, 할머니는 자신이 완성했던 그림을 기억하면서 퍼즐을 맞췄다. 그러면 퍼즐을 완성하더라도 퍼즐의 테두리와 내용물이 안 맞았다. 뒤집힌 꼴이었다. 나의 속임수에 빠져 할머니는 퍼즐을 거꾸로 완성했다.

퍼즐을 다 맞췄다고 할머니가 조금 우쭐해졌을 때 나는 테두리를 가리켰다. 그제야 할머니는 뭔가 잘못되었다는 걸 알고는 당황했다. 퍼즐을 맞춘 뒤 내가 눈을 가리면 "자연의 향기 건강한 미래 차"를 외치려고 마음의 준비를 했다가 김이 새 버린 것이었다. 그래도 할머니는 꿋꿋하게 퍼즐을 다 빼내고 판을 정방향으로 배치하고는 재차 맞추기 시작했다. 할머니에게 퍼즐 맞추기란 마르지 않는 샘과 같았다. 하고 또 해도 즐거움이 송송 솟아났다.

이윽고 퍼즐을 다 맞춘 할머니의 눈을 가리자 할머니는 퍼즐에 기운을 다 쓴 나머지 글자가 생각나지 않는 모양이었다. 내가 자, 자, 자 하면서 운을 떼자 할머니는 다급하게 외쳤다. "자연의 미래, 건강한 향기."

웃음이 났다. 할머니의 눈을 열어서 보여 주자 할머니는 아쉬워했다. 할머니는 문구를 외우려고 단단히 별렀다. 내가 아침에 일어나자마자 "쇠스랑개비 왔냐?"고 물었을 때 느닷없이 "자연의 향기 건강한 미래 차"라고 외친 일도 있었으니 말이다.

노인 앞에 펼쳐진 하루는 허망하게 허전했다.
노인들이 종일 예능 프로그램이나
잡다한 영상을 들여다보는 일 자체가
삶의 쓸쓸함을 증명했다.
나는 할머니를 통해 노인들의 외로움을 엿볼 수 있었다.

노력은
배신하지 않는다

　퍼즐을 다 맞춘 할머니는 손을 뻗어 루빅스 큐브를 쥐었다. 루빅스 큐브는 3×3×3의 정육면체로 이뤄져 있는 장난감이다. 작은 정육면체들이 모여 하나의 큰 정육면체를 이루고, 여섯 개의 면에 각기 다른 색이 칠해져 있다. 뒤섞인 색들로 이뤄진 면을 회전시켜서 같은 색으로 통일하는 걸 목표로 한다. 할머니는 루빅스 큐브를 좋아했다. 한창 빠져 있을 때는 몇 시간씩 루빅스 큐브에 집중했다.

　루빅스 큐브는 장점이 많았다. 먼저 운동 효과가 있었다. 큐브를 돌릴 때 힘을 써야 하므로 손 운동이 되었다. 다음으로는 휴대성이 돋보였다. 자그마한 데다 가벼워서 할머니가 쉽사리 집을 수 있었다. 식탁에서만할 수 있는 퍼즐에 비해 루빅스 큐브는 어디서든 할 수있었다. 루빅스 큐브는 할머니가 침대에 올라가 있으면침대에 비치되었고, 할머니가 식탁에 앉으면 식탁으로옮겨 왔다. 루빅스 큐브는 큐피드처럼 할머니 주변을지키는 사랑의 정령이었다.

루빅스 큐브는 여러 색으로 이뤄져 있는데, 할머니는노란색을 가장 좋아했다. 오직 노란색으로만 맞추려고했다. 하도 노랑으로만 맞춰서 때로는 초록이나 주홍이나 빨강으로 맞춰 보라고 권하면 잠깐은 그 색으로 맞췄다. 하지만 다음 날이면 어김없이 노란색으로 맞추려고 했다. 할머니는 빨간 옷을 좋아했고 꽃도 빨간색을좋아했는데, 루빅스 큐브만큼은 유독 노랑을 좋아했다.노란색이 예쁘다고 했다.

한 면을 같은 색으로 맞추는 일은 쉽지 않았다. 할머니가 단 하루도 빠지지 않고 5년 가까이 루빅스 큐브를손에서 놓지 않은 끝에 네다섯 번 완성했을 뿐이었다.

지쳐서 포기할 법도 한데 할머니는 뚝심 좋게 루빅스 큐브를 돌리고 또 돌렸다. 노력은 배신하지 않는다는 명언은 할머니에게 딱 맞아떨어졌다.

할머니가 1년에 한 번 정도 나를 긴급하게 호출하는 날이 있었다. 바로 루빅스 큐브를 다 맞춘 때였다. 할머니는 루빅스 큐브를 한 손에 들고는 자랑스럽게 뽐냈다. 마치 오랜 도전 끝에 검정고시에 합격한 사람처럼 할머니는 루빅스 큐브를 나에게 보여 줬다. 노환에 시달리며 늘 뾰로통한 얼굴을 하던 할머니가 이때만큼은 활짝 웃었다. 가장 행복한 사람이 누구냐고 나에게 묻는다면, 루빅스 큐브를 다 맞췄을 때의 할머니처럼 꾸준히 무언가에 도전하다가 마침내 이뤄 낸 사람이라고 답할 것이다.

나는 평소에 사진을 잘 찍지 않았는데, 이 상황만큼은 찍지 않을 수 없었다. 할머니가 노란색으로 루빅스 큐브를 맞춘 뒤 자랑스럽게 웃고 있을 때 나는 휴대폰으로 찰칵 사진을 찍었다. 그 뒤로 이따금 휴대폰을 만지작거리다가 그 사진을 들여다봤다. 그럴 때면 사진

속의 할머니처럼 덩달아 눈웃음이 지어지면서도 눈시울이 뜨거워졌다. 해맑게 웃는 할머니를 보는데, 이상하게도 가슴 한편이 아려 왔다.

노환에 시달리던 할머니가 이때만큼은 활짝 웃었다.

가장 행복한 사람이 누구냐고 묻는다면,

루빅스 큐브를 다 맞췄을 때의 할머니처럼

꾸준히 무언가에 도전하다가 이뤄 낸 사람이라고 답할 것이다.

농담과
진담 사이

　할머니와 나는 이야기를 많이 했다. 우리는 단순히 시간을 함께 보내는 것이 아니라 이런저런 대화를 나누면서 가까워졌다. 식탁은 할머니와 내가 토론하는 대화의 장소이기도 했는데, 할머니는 내가 미처 예상하지 못한 얘기를 늘어놓곤 했다.

　하루는 할머니가 "돈 놓고는 못 웃어도 아이 놓고는 웃는다"라는 옛말을 꺼냈다. 재물이 많으면 도둑을 걱정하며 근심에 빠지나 아이가 있으면 천진난만한 아이 덕분에 웃을 수 있다는 뜻의 속담이었다. 이 속담과 더 붙어 "아이 하나 나면 셋이 웃는다"라는 속담도 꺼냈다. 고령화된 집에서 새로운 아기가 태어나길 바라는 마음이셨을 것이다. 아기가 태어나면 점점 올라가던 평균연령이 확 낮아질 수 있었다.

할머니의 의도를 이해하면서도 복잡한 마음이 들었다. 혹시라도 내가 아이를 낳고 키운다면 그건 할머니의 마지막을 의미할 것이었다. 내가 할머니의 수발을 들지 않으면 어머니 혼자 할머니를 보살피는 데 매진해야 했다. 그렇지만 그건 너무나 힘겨운 일일 것이었다. 사회복지제도가 어느 정도 지원하겠지만 한계가 뚜렷했다. 할머니 인생의 막바지 여정을 내가 부축하지 않는다면 할머니는 쓰러질 수밖에 없었다. 새로운 생명이 등장하면 곧장 할머니의 퇴장으로 이어질 게 뻔했다. 할머니가 아이 타령을 할 때마다 나는 씁쓸하게 반응해야만 했다.

"인아, 아이가 집에 있어야 웃음이 난다는 말이 있잖니."

"음, 그래서요?"

"너도 결혼해서 애를 낳아야지."

"할머니, 할머니는 아이를 다섯이나 낳았는데 그럼 집에 웃음이 가득했겠네요?"

"……."

나의 반문에 할머니는 한동안 답을 못 하다가 어물쩍 엉뚱한 얘기를 늘어놓곤 했다. 그러다가 또 시간이 훌쩍 지나서 아이가 그리워지면, 아이에 관련된 다른 속담을 새삼스레 꺼냈다.

"인아, 돈 놓고는 못 웃어도 아이 놓고는 웃는다는 말도 있잖아. 안 그래?"

"……."

"인아, 아이가 재롱을 떨면 얼마나 귀엽니."

"내가 재롱을 떨잖아요. 귀엽지 않아요?"

"넌 이제 귀엽지가 않잖니. 아기가 훨씬 귀엽지."

"할머니, 할머니가 또 아기를 낳으면 어때요? 그럼 우리 모두 웃을 거 같은데요."

"으이그."

농담처럼 이야기를 주고받으면서 우리는 자주 웃었다. 웃음이야말로 할머니에게 필요한 게 아니었을까. 웃음에서 멀어질수록 죽음이 가까워지는 것 같았다. 나는 웃음을 잃어 가는 걸 생명을 잃어 간다는 뜻으로 받아들였다. 잘 웃을 수 있다면 할머니는 200살까지 순항을 할 터였다. 할머니가 웃으면 나의 마음이 푸근해졌다.

웃음에서 멀어질수록 죽음이 가까워지는 것 같았다.
웃음을 잃어 가는 건 생명을 잃어 간다는 것이다.
잘 웃을 수 있다면 할머니는 200살까지 순항을 할 터였다.
할머니가 웃으면 나의 마음이 푸근해졌다.

휴지 뜯기
신공

아침부터 밤까지 휠체어에 앉아 있는 건 버거운 일이었다. 더군다나 한 시간 반마다 화장실에 가고, 식탁에 앉아서 여러 가지를 하려니 벅찰 수밖에 없었다. 그래서 할머니는 오후에 30분에서 한 시간 정도 침대로 올라갔다. 침대에서 다리를 쭉 펴고 누워 휴식을 취했다.

그렇다고 침대에서 졸게 내버려두어서는 안 되었다. 할머니는 침대에 올라가면 졸았고, 낮잠을 오래 자면 밤에 숙면하지 못했다. 할머니가 잠들지 못하면 나도 잠들지 못했다. 괴로운 밤은 다음 날의 괴로움으로 이어졌기에 할머니가 푹 자는 일은 무엇보다 중요했다.

할머니가 침대에서 다리를 뻗고 누운 채 할 수 있는 일을 찾아야 했다. 그 일이 바로 두루마리 휴지 두 칸 뜯기였다. 두루마리 휴지에는 쉽게 뜯을 수 있도록 칸이 표시되어 있었다. 한 칸은 너무 짧기에 할머니는 두 칸씩 잘랐다. 더 많이 뜯지는 않았다. 아끼는 습관이 몸에 배어 있었다. 할머니는 꼭 두루마리 휴지를 두 칸씩 뜯어서는 지니려고 했다. 간직하던 휴지로 할머니는 자신도 모르게 흘러나온 침과 밥 먹으면서 떨어진 음식을 닦아 냈다. 양치질하면서 튄 물도 훔쳤다.

할머니는 습관처럼 바지와 조끼의 주머니마다 휴지를 넣어 놓았다. 이런 사실을 깜빡한 채 세탁기에 돌리면 휴지가 갈기갈기 분해돼서 옷에 달라붙는 일이 발생했다. 빨래를 돌리기에 앞서 나는 보물찾기하듯 할머니의 옷을 샅샅이 뒤져 꾸깃꾸깃해진 휴지를 찾아내곤 했다.

할머니는 휴지 뜯기를 진지하게 해 나갔다. 자신의 마지막 과업처럼 받아들였는지 열심히 뜯었다. 할머니의 성실함은 놀라웠다. 일주일이면 두 개 남짓의 두루마리 휴지가 해체되었다. 휴지는 할머니의 생활필수품이자 삶의 마지막 작업 도구였다.

환자용 침대 옆에는 할머니가 자주 사용하는 물품을 넣어 둔 상자가 있었는데, 물파스와 함께 두루마리 휴지가 언제나 비치되어 있었다. 침대에서 휴지를 뜯는 동안 할머니는 졸지 않았다. 뜯어 놓은 휴지가 어지간히 쌓이면 큰 소리로 나를 불렀다. 자신의 업무에서 성과를 이룬 사람처럼 담담하면서도 약간은 설레는 얼굴로 휴지 뭉텅이를 건넸다. 나는 두 칸씩 뜯어서 포개진 휴지 더미를 식탁으로 옮겼다.

할머니는 두루마리 휴지를 자기 근처에 항상 두고는 틈날 때마다 두 칸씩 뜯고 또 뜯었다. 다 뜯고는 남은 휴지심을 나에게 건네면서 두루마리 휴지를 또 달라고 요구했다. 이미 뜯은 휴지가 한가득 쌓여 있다고 말려도 할머니는 일단 하나 가져다 놓으라고 고집을 부렸다. 마치 휴지로 자신의 존재감을 찾는 사람처럼 집요하게 굴었다. 할머니의 끈질긴 청을 안 들어주기가 어려웠다. 그래도 그 덕분에 할머니는 침대에서 할 일이 생겼고, 보람을 느끼는 듯했다.

아무런 일도 하지 않고 지내면 편할 것 같지만, 막상 그 사람의 마음을 들여다보면 울렁일 때가 많다. 사람에게는 타인과 세상에 도움이 되고 싶은 열망이 있다. 그렇기에 그저 편하게만 지내는 건 정말 편한 일이 아니다. 묘하게 마음이 불편해진다.

예전부터 쉴 새 없이 집안을 쓸고 닦던 할머니는 거동이 불편해져서도 휴지를 뜯으면서 가정의 청결에 이바지했다. 부지런하게 몸을 놀린 할머니의 마음은 편안해 보였다.

할머니는 휴지 뜯기에 열중했다.
할머니의 성실함은 놀라웠다.
일주일이면 두 개 남짓의 두루마리 휴지가 해체되었다.
휴지는 할머니 삶의 마지막 작업 도구였다.

기다림의
지루함

휴지 뜯기를 다 해도 침대에서 보내야 하는 시간이 많이 남았다. 할 일이 부족했다. 그때 기막히게 뽁뽁이가 등장했다. 택배 물건을 싸는 데 사용된 뽁뽁이 포장재를 그냥 버리기 쉬운데, 나는 하나하나 모아 놓았다가 할머니에게 건넸다. 뽁뽁이를 터뜨리는 건 할머니가 좋아하는 일이었다. 손가락으로 눌러 터질 때 생기는 뽁뽁 소리가 묘한 쾌감을 안겼다.

그저 재미만이 아니었다. 의미가 있었다. 나는 뽁뽁이가 바다에 흘러 들어가면 거북이가 해파리인 줄 알고 먹어서 숨 막혀 죽는다는 이야기를 할머니에게 전해 주었다. 할머니의 눈은 놀란 토끼 눈으로 변했다. 그때부터 할머니는 거북이를 구하기 위해 최선을 다했다. 나는 뽁뽁이를 터뜨리는 일의 중요성을 강조했고, 할머니가 오늘도 얼마나 많은 거북이를 살렸는지 모른다며 칭찬했다.

운동 효과도 괜찮았다. 힘이 점점 떨어지는 할머니의 손아귀 근육이 뽁뽁이를 터뜨리면서 단련되었다. 게다가 뽁뽁이를 하나하나 누르다 보면 마음의 불안이나 걱정도 사라지는 것 같았다. 뽁뽁이를 터뜨리고 난 뒤 할머니의 표정은 한결 밝았다.

할머니는 뽁뽁이 터뜨리는 걸 즐거워했다. 할머니가 좋아해서 나도 덩달아 뽁뽁이를 눌러 터뜨려 보았다. 뽁뽁 소리를 내면서 터질 때마다 내 안에서도 시름과 근심이 날아가는 것 같았다. 나는 할머니의 노파심을 터뜨리고자 뽁뽁이 포장재를 잔뜩 모아 두었다.

할머니가 뽁뽁이 터뜨리는 걸 좋아한다는 소식을 듣고는 여자 친구가 뽁뽁이 장난감을 선물했다. 뽁뽁이 장난감은 촉각과 청각 자극을 통해 스트레스를 해소하는 유아용 놀이 도구였다. 아이들은 뽁뽁이 장난감을 누르면서 집중력을 키우고 잔근육을 발달시킬 수 있었다. 한쪽을 다 누르고 뒤집으면 다시 누를 수 있었다. 무한히 사용할 수 있는 장난감이었다.

나는 외출할 때면 포장재 뽁뽁이와 함께 뽁뽁이 장난감을 할머니에게 꼭 건넸다. 내가 없는 빈자리를 뽁뽁이들이 꼭꼭 채워 주길 바랐다. 두말할 것도 없이 두루마리 휴지는 언제나 할머니 옆에 진을 치고 있었다. 할머니는 내가 언제 돌아오는지 아련하게 묻고는 침대에서 뽁뽁이를 누르기 시작했다. 나는 할머니에게 오늘도 거북이를 많이 살리라는 말을 남기고 현관문을 열었다. 떨어지지 않는 발걸음을 거북이처럼 엉금엉금 떼다 보면 뽁뽁 터지는 소리가 들렸다. 잘 갔다 오라는 배웅 같았다.

밖으로 나오면 집과는 사뭇 다른 풍경이 펼쳐졌다. 가지각색의 꽃들이 피어났고, 풀 냄새가 은은하게 전해졌다. 마음에서는 참신한 생각이 돋아났다. 자연이 선사하는 즐거운 교감을 할머니는 누리지 못하고 있었다.

사계절이 어떻게 지나가는지도 모른 채 집에 틀어박혀 있었다.

잠깐씩이라도 바깥바람을 쐬지 않으면 사람의 마음은 싱싱하게 유지되기가 어렵다. 할머니는 집에만 머무르면서 마음의 싱그러움을 잃어버렸다. 그래도 나는 가끔 밖에 나갔지만 할머니는 가택에 감금된 것 같았다. 내가 나간 뒤 할머니가 어떻게 시간을 보낼지를 생각하면 가슴이 꽉 막혀 왔다. 이동의 자유를 잃어버린 할머니는 고인 물처럼 마음이 메말라 갔다.

할머니는 집에만 머무르면서
마음의 싱그러움을 잃어버렸다.
이동의 자유를 잃어버린 할머니는
고인 물처럼 마음이 메말라 갔다.

신성한
국방의 의무감으로

　나는 이따금 장을 보러 잠깐씩 나갔다 왔는데, 이때는 크게 염려되지 않았다. 할머니에게 컴퓨터로 영상을 보여 주고는 후다닥 다녀왔다. 때때로 할머니가 멍하니 컴퓨터 앞에 앉아 있는 경우가 생기긴 했다. 동영상 시청 중에 난데없이 광고가 떴을 때 할머니가 어찌할 바를 몰라 키보드를 이것저것 누르다 화면이 정지된 것이었다. 멈춘 화면을 보면서 할머니는 당황한 채로 막연히 나를 기다리는 수밖에 없었다.

　그러나 이 정도는 문제도 아니었다. 정말 큰 문제는 집에서 먼 곳에 가야 할 때였다. 그럴 때는 어머니의 일정을 헤아려야 했다. 어머니는 달력에 일정을 적어 놓았고, 나는 그 달력을 보고 어머니의 일정이 비는 날을 골라 외출했다. 내가 바깥 활동을 하면 어머니가 할머니의 밥을 차려 주고, 양치질할 수 있도록 칫솔과 대야를 가져다주었다. 비록 할머니가 침대에서 꼼짝하지 못하더라도 일상을 영위할 수는 있었다.

그런데 나와 어머니가 둘 다 집에 있지 못하는 경우도 생기곤 했다. 어머니가 아직 돌아오지 않았는데 내가 어쩔 수 없이 집 밖으로 나가야 했다. 나는 루빅스 큐브와 뽁뽁이, 휴지와 책을 할머니 옆에 가져다 놓고 나갈 채비를 했다. 할머니는 흔들리는 눈빛으로 집에 누가 있냐고 물었고, 나는 딸이 한 시간쯤 뒤에 오니까 걱정하지 말라고 안심시켰다.

한번 집 밖으로 나가면 대개 서울로 가야 했기에 일찍 돌아오기는 쉽지 않았다. 이동 시간만 해도 왕복으로 두 시간을 넘기 일쑤였다. 나는 할머니가 눈에 밟혀서 몇 번이나 여러 가지를 확인할 수밖에 없었다. 할머니에게 이제 내가 집에 없으니 나를 불러도 소용없다는 사실을 인지시켰다.

건강할 때 할머니는 잘 갔다 오라고 말한 뒤 이내 뽁뽁이를 터뜨리는 데 집중했다. 건강하지 못할 때는 빨리 오라면서 멀뚱히 나를 바라봤다. 나는 할머니에게 얼른 돌아오겠다고 말하며 좀처럼 떨어지지 않는 발걸음을 옮겼다.

할머니는 나에게 무척 의지했다. 내가 집에 아직 돌아오지 않았으면 안절부절못하며 자신의 딸에게 전화를 해 보라고 재촉했다. 늦은 시간이면 어김없이 할머니가 걱정한다는 어머니의 연락이 오곤 했다. 오늘은 좀 늦으니 먼저 주무시라고 얘기해도 할머니는 안심하지 못했다. 내가 들어온 걸 보고 나서야 잠이 드셨다. 나는 집으로 돌아가는 지하철 안에서 어머니의 연락을 받을 때마다 갑갑함을 느끼곤 했다.

마치 외출을 마치고 복귀하는 군인과 같았다. 군에서는 수시로 연락을 취해 문제가 생기지 않도록 동선을 파악하기에 군인은 외출을 해도 마음 놓고 쉴 수만은 없다. 부대와 연락을 유지해야 하고, 자신의 위치를 보고해야 한다. 국방의 의무를 수행하고 있다는 사실을 늘 명심해야 한다. 나 역시 할머니를 지키는 의무를 수행하고 있었고, 24시간 할머니의 생명과 안전을 최우선시해야 했다.

국방의 의무가 아무리 신성하더라도 엄청난 부담인 것처럼 할머니를 돌보는 임무도 그러했다. 휴가에서 복귀할 때 위병소를 보면 숨이 턱 막히듯 집으로 향할 때면 답답함이 턱밑까지 차올랐다. 바깥을 향해 내지르고 싶은 무언가를 꾹꾹 누른 채 나는 털레털레 귀가했다.

군인이 위병소를 보면 숨이 턱 막히듯
집으로 향할 때면 답답함이 턱밑까지 차올랐다.
바깥을 향해 내지르고 싶은 뭔가를 꾹꾹 누른 채
나는 털레털레 귀가했다.

사실은 사랑이
고팠던 것이다

하루는 예상 밖의 사태가 벌어졌다. 어머니가 교회 행사를 위해 아침 일찍 나갔다. 나는 어머니가 저녁 전에는 귀가하리라고 예상했다. 나 역시 오후에 외출해야 했고, 할머니는 집에 혼자 있어야만 했다. 나는 할머니와 점심을 먹고 양치질을 시킨 뒤 할머니를 침대로 옮겼다. 홀로 몇 시간을 보내서야겠지만, 뽁뽁이와 휴지가 있어서 덜 심심하시길 바라며 밖으로 나갔다.

그런데 저녁 식사 시간이 지난 무렵에 어머니에게서 문자가 왔다. 늦을 거라는 연락이었다. 어머니도 행사가 그렇게 오래 걸릴지 몰랐고, 내가 외출한다고 말을 하지 않았기에 평소처럼 집에 있을 거라고 여겼던 참이었다.

어머니가 진작에 귀가해서 할머니 저녁을 챙겼겠거니 짐작하고 있었는데, 나의 기대는 산산조각 깨져 버렸다. 할머니 혼자 집에 덩그러니 있는 상황이었다. 등에서부터 귀 뒤쪽으로 오싹한 기운이 스치고 지나갔다. 어머니의 일정을 조금 더 철저하게 확인했어야 했는데, 그러지 못했다.

부랴부랴 발걸음을 옮겼다. 하지만 집까지 가는 길은 멀고 멀었다. 돌아가는 내내 진땀이 났다. 침대에서 옴짝달싹할 수 없는 할머니에게 연락할 방법이 없었다. 할머니가 밥도 굶은 채 우두커니 나를 기다리고 있을 걸 생각하니 가슴이 미어졌다. 뭔가 이상해서 "인아, 인아" 아무리 소리를 쳐도 적막함만이 되돌아올 때 얼마나 막막해하실지 상상이 되었다. 귀가하는 동안 나는 지하철에게 속도를 내라고 속으로 외쳤다.

드디어 집에 도착했다. 허겁지겁 문을 열고 들어갔다. 너무 늦게 나타난 나를 보고 할머니가 대뜸 외쳤다.

"굶겨 죽일 셈이냐?"

할머니의 말 속에는 질타만이 담겨 있지 않았다. 불현듯 등장한 나에 대한 반가움이 배어 있었다. 할머니의 얼굴에는 미소가 어려 있었다. 그 미소를 보자 바짝 졸아서 타들어 갔던 마음이 사르르 풀어졌다.

그나마 다행이었던 건 한낮에도 할머니가 침대에서 졸지 않도록 불을 켜고 나갔다는 점이었다. 낮이라고 불을 끄고 나갔다면 할머니는 캄캄한 어둠에 갇혀 있었을 것이다. 어둠 속에서 할머니는 버려진 기분에 젖어 들었을지도 몰랐다. 사방이 어둑어둑해지는데 움직이지도 못한 채 칠흑 같은 어둠에 휩싸인다는 건 너무나 서글픈 일이었다.

나는 할머니를 신속히 화장실로 옮기고 저녁을 차리는 가운데 거듭 "미안하다"고 말했다. 할머니는 허겁지겁 죽을 먹었다. 배고팠냐고 물었더니 배고팠다고 답했다. 평소에는 먹고 싶은 것도 없고 입맛도 없다고 말하곤 했는데, 그날만큼은 정직하게 자신의 허기를 토

로했다.

　어쩌면 그날 할머니는 음식이 고픈 게 아니었을지도 모른다. 낮부터 저녁까지 혼자 보내다가 오롯이 홀로 맞이하는 밤은 서글플 수밖에 없었다. 사람에 대한 그리움으로 굶주렸던 할머니는 사람이 고팠다. 사랑이 고팠다.

　　할머니는 음식이 고픈 게 아니었을지도 모른다.
　　오롯이 홀로 맞이하는 밤은 서글플 수밖에 없었다.
　　사람에 대한 그리움으로 굶주렸던 할머니는 사람이 고팠다.
　　사랑이 고팠다.

1만 년 만의
나들이

　나는 집에 있으려고 애썼다. 집에서 할 일이 많았고, 외출할 일이 별로 없었으며, 밖에 나갔다가 귀가하는 길이 피곤했다. 무엇보다 할머니를 보살펴야 했다. 내가 밖에 나가면 할머니는 침대에만 있어야 했다.

　한동안 나는 할머니를 침대에서 휠체어로 옮기는 데만 치중했다. 어머니는 교회 활동으로 바빴고, 나는 할머니를 돌보는 일을 내 책임이라고 여기지 않았다. 그러다 보니 할머니를 모시고 밖에 나갈 생각을 하지 않았다. 할머니가 바깥바람을 쐬면 좋겠다는 생각이 들긴 했지만 할머니의 산책이 번거로운 일처럼 여겨졌다. 코로나19를 핑계 삼아 나의 게으름을 합리화했다.

할머니는 집이라는 감옥에 갇힌 것만 같았는데, 일반 재소자들보다 사정이 더 나빴다. 교도소에서조차 햇볕을 쬐고 운동할 시간을 주었는데, 할머니는 바깥 공기를 전혀 쐬지 못했다. 그렇게 봄이 왔고 여름이 갔으며 가을이 흘러갔고 겨울이 지나갔다.

그러다 드디어 따뜻한 봄이 찾아왔다. 햇살이 무척 따사로운 하루였다. 문득 마음이 열렸다. 할머니가 이 괜찮은 날씨를 즐기면 좋겠다고 생각했다. 나는 느닷없이 나들이하자고 호들갑을 떨었다. 할머니는 놀란 표정을 지었다. 오랫동안 감옥에만 갇혀 있던 사람이 어느 날 출소라는 말을 들었을 때와 비슷했을 것이다. 남은 생애에 외출은 더 이상 없을 것 같았던 할머니가 예상치 못한 산책을 하게 되었다.

나는 할머니에게 외투를 입히고 다리에는 담요를 덮어서 간단하게 나갔다 오려고 했는데, 할머니는 옷을 꼭 갖춰 입어야 한다고 강변했다. 가볍게 동네 한 바퀴를 돌려던 나의 계획은 어긋났다. 외출을 위한 준비 과정이 필요했다.

휠체어에 앉은 채로 바지를 입는 건 쉽지 않았다. 다리를 바지에 넣은 뒤 내가 할머니의 몸을 위로 들어 올릴 때 바지를 끌어 올려야 했다. 내가 할머니를 들어서 공중으로 올렸을 때 할머니가 자신의 바지를 끌어 올리려고 했으나 좀처럼 *끄*집어 올려지지 않았다. 할머니를 침대 위에 올린 뒤 바지를 입히는 방식을 시도하자 조금 더 수월하게 입힐 수 있었다.

이제 바지도 입었으니 나가자고 했더니, 할머니는 다급하게 신발을 찾았다. 걸을 일이 없는 데다 두꺼운 양말을 늘 착용하고 있어서 신발을 안 신어도 될 것 같았는데, 할머니는 신발을 꼭 신어야 한다고 주장했다. 신발장에서 자리만 차지하고 있던 할머니의 신발을 꺼내어 신겼다. 할머니는 다리에 힘이 없어서 발을 신발에 넣는 일도 애를 먹었다. 발에다 힘을 꽉 줘서 휠체어 발판에 잘 두라고 할머니에게 당부했다.

만에 하나라도 감기에 걸리지 않도록 모자를 쓰고 마

스크도 착용한 뒤 밖으로 나왔다. 오랜만의 나들이였다. 현관문을 열고 나오자 할머니의 마음도 활짝 열리는 것 같았다. 살랑살랑 바람이 불어와 할머니를 간질였고, 갓 피어나기 시작한 꽃들이 다채로운 얼굴로 할머니를 반겼다.

할머니는 평소보다 훨씬 들떠 있었다. 이리저리 고개를 돌리면서 구경했다. 다시 쇠스랑개비 아이가 되어 세상에 관심을 쏟는 것만 같았다. 오랫동안 바깥 공기에 굶주렸기에 눈앞에 펼쳐지는 풍경은 그야말로 산해진미였다. 할머니는 오감을 총동원해서 세상을 음미했다.

오랜만의 나들이였다.
현관을 나서자 할머니의 마음도 활짝 열리는 것 같았다.
살랑살랑 바람이 불어와 할머니를 간질였고,
갓 피어나기 시작한 꽃들이 다채롭게 할머니를 반겼다.

야옹 하니
야옹 하지

　평소에 할머니는 입꼬리가 처지고 굳은 표정이었는데, 나들이한 뒤에는 사뭇 달라졌다. 여행을 갔다가 돌아온 사람의 만족감이 할머니의 얼굴에 어렸다. 나들이하고 돌아오면 할머니의 기분은 한층 좋아졌고, 건강도 한결 나아졌다. 사람은 역시 가끔이라도 바깥바람을 쐬어야 했다. 그동안 할머니를 모시고 나가지 않은 게 후회됐다.

　적어도 일주일에 한 번은 밖으로 돌아다니기 시작했다. 외출을 나갈수록 수많은 것들이 할머니의 눈길을 사로잡았다. 장미와 개나리와 진달래와 벚꽃이 알록달록 색깔을 뽐냈고, 초록빛 잎사귀들이 미풍에 흔들렸다. 때로는 사람들이 다가와 할머니에게 연세를 물었고, 200살이라는 대답에 놀라곤 했다.

하루는 집을 나서자마자 황토색 길고양이를 마주쳤다. 고양이는 봄 햇살을 쬐면서 반쯤 졸고 있었다. 할머니와 내가 다가가자 인기척에 눈을 뜬 고양이는 사람 손을 탔는지 우리를 보고도 달아나지 않았다. 눈을 가늘게 뜬 채 우리를 물끄러미 바라볼 뿐이었다. 약간 경계하는 듯하면서도 심드렁했다.

"할머니, 저기 고양이가 있어요."
"그렇네."
"고양이 귀엽죠?"
"야옹."

할머니는 장난기 많은 소녀처럼 고양이 울음소리를 냈다. 뜻밖의 행동에 나는 웃음이 터져 나왔다. 고양이는 할머니의 야옹 소리에 시큰둥하게 쳐다보다가 자기

갈 길을 갔다. 내가 할머니에게 왜 야옹 소리를 냈냐고
묻자 할머니는 고양이가 있으니까 야옹 했다고 싱겁게
대답했다.

할머니는 옛날에 쌀장사를 할 때 쥐를 막기 위해 고
양이를 키웠다. 그래서 고양이를 친근하게 여겼다. 오
랫동안 고양이와 가까이 지냈기에 서슴없이 야옹 소리
를 내면서 호감을 표현한 거였다.

나들이할 때마다 길고양이와 자주 마주쳤다. 동네
밖으로 나가는 길목에 고양이가 또 있었다. 저번에 야
옹 소리를 들은 고양이인지는 확실치 않았다. 길고양
이들은 서로 비슷해 보였다. 긴가민가해서 고개를 갸
우뚱거리고 있는데, 할머니가 고양이를 바라보더니 이
렇게 말했다.

"따라와."

뜬금없이 고양이에게 동행하자고 제안한 거였다. 나
는 할머니의 말 한마디에 웃음이 빵 터졌다. 왜 고양이
에게 따라오라고 했냐고 묻자 산책하러 나왔는데 고양

이만 쳐다보고 있을 수 없으니까 따라오라고 했다는 답변이 돌아왔다. 그런다고 고양이가 따라오냐고 묻자 할머니는 안 따라오면 어쩔 수 없다고 무던하게 얘기했다. 나는 고양이를 쳐다보면서 지난번에 할머니가 했듯이 "야옹" 하고 소리를 내 보았다. 고양이는 나를 떨떠름하게 바라보았다.

우리를 빤히 쳐다보는 고양이를 뒤로하고 할머니와 나는 솔바람처럼 나아갔다. 고양이 말고도 곳곳에서 다채로운 생명들이 할머니를 반겨 주었다. 밖으로 나간다는 건 수많은 생명과의 교감을 다시 잇는 일이었다.

"야옹."
할머니는 장난기 많은 소녀처럼 고양이 울음소리를 냈다.
할머니에게 왜 야옹 소리를 냈냐고 묻자
할머니는 고양이가 있으니까 야옹 했다고 대답했다.
싱거웠다.

비둘기를
부리는 법

집 밖으로 나가면 수많은 새가 할머니와 나를 맞이했다. 비둘기와 참새와 박새를 흔하게 볼 수 있었고, 고개를 조금만 들어도 까치와 까마귀의 쟁탈전을 감상할 수 있었다. 집 주변의 시내로 나가면 각양각색의 새가 할머니를 기다리고 있었다. 집오리, 청둥오리, 흰뺨검둥오리가 꽥꽥거렸다. 왜가리, 쇠백로, 해오라기 등의 새들이 물가에서 한가로이 노닐었다. 민물가마우지는 잠수해서 사냥하다가 물 위로 나와서는 햇볕에 날개를 말렸다. 그 밖에도 다양한 새가 할머니 곁을 맴돌았다.

할머니는 새를 좋아했다. 특히 왜가리나 쇠백로 같은

커다란 흰 새가 물가에 있으면 신기하게 쳐다봤다. 여기저기를 거닐어도 흰 새를 한 마리도 못 본 날에는 아쉬워했다. 커다랗고 흰 새들은 우아한 자태로 할머니의 마음을 움직였다. 나 역시 그 새들을 바라보는 것만으로 흐뭇한 감동을 느꼈다.

어느 날 산책을 준비하고 있을 때 할머니가 먹을 걸 챙겨야 한다고 간곡하게 요청했다. 새들에게 먹이를 줘야 한다는 거였다. 나는 그저 새들을 구경할 뿐 먹이를 줄 생각은 못 했는데, 할머니는 달랐다. 곡식을 통에 담아서 할머니에게 건넸다. 할머니는 한 손에는 두 칸 뜯은 휴지를, 다른 손에는 곡식이 든 통을 들고 나들이에 나섰다.

적당한 곳에 곡식을 뿌리면 비둘기가 날아와 먹었다. 비둘기에게 먹이를 주는 일이 되풀이되자 비둘기들 가운데 영리한 애들은 멀리서 할머니를 발견하자마자 부리나케 곁으로 날아들었다. 일찌감치 할머니 곁에서 어슬렁거리다가 할머니가 곡식을 뿌리면 가장 먼저 받아먹었다. 뒤늦게 날아오는 애들보다 이 야무진 비둘기들이 풍족하게 먹을 수밖에 없었다.

먹이를 뿌리다 보면 참새도 눈치껏 조금씩 주워 먹었다. 참새는 비둘기보다 덩치가 훨씬 작아서 비둘기의 등쌀에 떠밀리기 일쑤였다. 겁도 많은지 조금만 불안하면 다짜고짜 달아나 버렸다. 그래도 한번 맛본 쌀 맛을 잊지 못했는지 어느새 다시 날아와 비둘기들 틈에서 꿋꿋하게 몇 톨의 곡식을 얻어먹곤 했다.

비둘기들은 점점 할머니에게 친숙해졌다. 몇몇은 할머니의 무릎에 올라오기도 했다. 할머니가 손바닥에 쌀을 올려놓은 뒤 팔을 뻗고 기다리면 주저하면서도 이내 부리를 내밀었다. 할머니는 부리에 손바닥을 쪼여 아파하면서도 비둘기와 접촉하는 즐거움이 훨씬 큰 듯했다.

먹이를 다 주고 나면 할머니는 "다 줬다"고 말하면서 굳이 빈 통을 새들에게 보여 주었다. 더 주고 싶지만 줄게 없다는 신호였다. 할머니가 다 줬다고 외치면 나는 휠체어를 붙잡고 뒷걸음질했다. 그러면 비둘기들이 종종걸음으로 할머니를 쫓아왔다. 할머니는 비둘기들을 쳐다보며 "다 줬어" 하고 한마디를 더 하고는 빈 통을 흔들며 작별 인사를 했다.

비둘기와 헤어지고 집에 돌아온 뒤 나는 할머니에게 아까 비둘기가 몇 마리나 왔냐고 물었다. 그러면 할머니는 소풍을 갔다 온 아이처럼 비둘기의 숫자에 대해서 신나게 이야기하곤 했다.

먹이를 다 주고 나면 할머니는 "다 줬다"고 말하면서 굳이 빈 통을 새들에게 보여 주었다.
비둘기들이 종종걸음으로 할머니를 쫓아오면 할머니는 "다 줬어" 하고 빈 통을 흔들며 작별 인사를 했다.

할머니의 시간은
천천히 흐른다

할머니의 일상은 고정되어 있었다. 잠을 자고 일어나 화장실에 갔다가 식탁에서 보내는 시간으로 이뤄졌다. 일주일에 한 번 산책에 나섰고, 아주 가끔 사람들이 할머니를 찾아왔다. 대부분의 시간을 혼자서 보냈고, 그 외로운 시간 동안 곁에 내가 머물러 있었다.

밤이 지나 밝아 오는 하루는 지긋지긋할 만큼 반복되었다. 오늘은 어제의 되풀이였고, 내일은 오늘의 복사판이었다. 화투를 하다가 퍼즐을 맞췄고, 책을 조금 읽다가 루빅스 큐브를 돌렸다. 틀에 박힌 나날이 지겨울 법도 하건만 할머니는 그 안에서 나름의 재미를 느끼며

견뎠다. 그런 할머니를 지켜보며 나는 여러 생각에 잠기곤 했다.

　제자리걸음을 하는 것 같은 상황에서 밝은 미래를 전망하기는 어려웠다. 하루는 괜찮은 듯싶어도 다음 날이면 예상치 못한 괴로움이 생겨났다. 여러 질환은 좀처럼 나아지지 않았고, 갑자기 할머니가 일어나 걷기를 바랄 수는 없었다. 가슴을 쓸어내릴 일이 없다는 사실만으로도 다행이었다. 현상 유지를 목표로 버티는 나날이었다.

　땅거미가 지면 오늘 하루도 무사히 보냈다는 안도감을 느끼면서도 불안에 시달렸다. 이런 생활이 언제까지이어질까 하는 염려 때문이었다. 할머니와 내가 함께보내는 일상이 언제든 끝날 수 있다는 불길한 예감이마음 언저리를 맴돌았다. 곁에서 할머니를 지켜보면 이미 위험신호가 계속 나타나고 있었다.

　마음이 일렁일 때면 나의 마지막을 상상했다. 할머니는 언젠가 이 세상을 하직할 텐데, 나 역시 이곳에서 계속 사는 건 불가능했다. 할머니가 먼저 돌아가시겠지만 나도 머지않아 떠날 수밖에 없다. 이렇게 나의 죽음을 떠올리면 조바심이 수그러들었다. 나의 삶이 영원할 수 없듯 할머니와의 이별도 영원하지 않을 것이다. 할머니도, 나도, 모두가 잠깐 살다가 사라지는 존재였다. 그리고 어디선가 다시 만날 수밖에 없을 테다.

중요한 건 지금 살아 있다는 사실이었다. 그 언젠가가 틀림없이 오겠지만 아직은 아니었다. 지금 해야 하는 건 오늘 하루를 잘 살아 내는 일이었다. 할머니가 살아 계시는 동안 할머니에게 최선을 다하는 것이 도리였다. 훗날 할머니가 떠나면 상실감이 클 테지만, 그와 더불어 홀가분함도 생겨나리라 어림짐작하곤 했다.

밤이 될 때마다 나는 마음의 준비를 해 나갔다. 할머니가 200살까지 살기를 간곡히 바랐으나 정말로 200살까지 사시기는 어려웠다. 할머니가 돌아가시는 날은 찾아올 수밖에 없었다. 그때 할머니의 마음은 어떨지 생각해 봤다. 오랫동안 고생했던 만큼 삶에 미련이 없을까, 아니면 오래 살았던 만큼 미련을 진하게 갖고 있을까. 자신의 삶을 후회할까, 아니면 축복이라고 여길까.

할머니에 대한 생각은 이윽고 나에 대한 생각으로 이어졌다. 할머니 없이 혼자 밥을 먹고 있는 내 모습. 할머니와 함께 보낸 하루하루를 그리워하는 미래의 내 모습. 할머니의 빈자리를 더듬고 있을 내 모습. 언젠가 할머니처럼 늙은 내 모습.

그러면 울컥하면서 할머니와 함께하는 하루하루가 더없이 감사하게 다가왔다. 할머니와 보내는 시간이 더욱 소중해졌다. 다음 날 할머니를 더 잘 돌보겠다고 다짐하면서 나를 에워싼 어둠을 이불 삼아 휴식을 취했다. 할머니가 단잠에 빠져들길 바라며 나도 잠을 청했다. 아침 일찍 일어나 할머니를 돌보려면 얼른 자야 했다. 그렇지만 눈가가 촉촉해지면서 좀처럼 잠들지 못했다. 까만 밤 속으로 아무도 모르는 눈물이 반짝이면서 떨어져 내렸다.

할머니가 돌아가시는 날은 찾아올 수밖에 없었다.
그때 할머니는 오랫동안 고생했던 만큼 삶에 미련이 없을까,
아니면 오래 살았던 만큼 미련을 진하게 갖고 있을까.
자신의 삶을 후회할까, 축복이라고 여길까.

2장

모든
쇠락해 가는 것에는
이유가 없다

코로나19가
지나간 자리

코로나19는 세계를 크게 바꾸어 놓았다. 온 세계가 극심한 몸살을 앓을 때 자기 몸도 가누기 어려운 할머니가 온전하기는 힘들었다. 무시무시한 전염병은 할머니와 나의 일상에도 침입해 한바탕 난리를 일으켰다.

어머니가 먼저 코로나19에 걸렸다. 그렇게 조심했건만 신종코로나바이러스의 전파력은 엄청났다. 백신 접종이 몇 차례에 걸쳐 이뤄진 뒤 대부분의 사람들이 코로나19에 한 번 정도 걸린 상황이었다. 두세 번 걸린 사람들도 속출했다. 어머니는 마스크를 잘 쓰고 다녔지만 속절없이 코로나19에 감염됐다. 몸 안에서 전염병과

면역 체계가 한바탕 대결을 벌이자 어머니는 바깥 활동을 중단하고 집에서 마스크를 쓴 채 고통에 시달렸다.

　나 역시 코로나19의 손아귀에 사로잡혔다. 어느 날 자고 있는데 눈이 확 떠졌다. 뭔가가 침입해서 내 안의 방어벽을 깨뜨렸다는 느낌이 나를 덮쳤다. 몸속 어딘가를 깊게 찔린 것 같았고, 목구멍이 후끈거리며 아팠다. 무지막지한 고통이라고까지는 할 수 없었으나 자다가 깨어날 수밖에 없는 통증이었다. 아파서 비몽사몽인 채로 그냥 이불을 뒤집어쓰고 누워 있었다. 몸을 일으키지 못한 채 이불 속에서 끙끙댔다.

　그때 할머니가 떠올랐다. 나는 곧장 이불을 박차고 할머니에게 갔다. 할머니는 땀을 흘리며 시름시름 앓고 있었다. 코로나19와 싸우는 과정에서 생겨난 열기가 할머니의 온몸에서 피어올랐다. 나는 혼미한 상태에서도 손수건을 물에 적셔 뜨겁게 달아오른 할머니의 이마에 올려놓았다. 할머니의 몸을 여기저기 주무르면서 힘을 내라고 응원했다. 할머니는 어둠 속에서 바들바들 떨며 괴로워했다.

어쩌면 코로나19 때문에 할머니가 임종할지도 모른다는 예감이 들었다. 전염병은 어찌할 수 없는 사태였다. 코로나19 때문에 사람들이 무더기로 죽어 갔다. 할머니는 거동이 불편해서 코로나19 백신을 맞지 않았다. 건강하지 못한 할머니가 괜히 백신을 맞았다가 부작용에 시달릴 수도 있었다. 그래서 할머니가 감염되지 않게 하려고 애를 썼으나 공기로 전해지는 바이러스를 완벽하게 차단할 수는 없었다. 할머니는 코로나19의 무시무시한 침공에 맞서 가녀린 몸 하나로 저항했다.

기나긴 밤이 지나갔다. 아침에 찌뿌둥한 상태로 할머니에게 갔다. 다행히 할머니는 열이 내린 상태였다. 아직 이마가 후끈거렸으나 위험하게 느껴지지는 않았다. 할머니를 깨웠더니 자신이 밤새 끙끙 앓았다는 것도 모르고 있었다. 우리가 코로나19에 걸렸다고 알려 주자 할머니는 떨떠름한 표정을 지었다.

며칠이 지나자 할머니는 조금씩 괜찮아졌다. 입맛이 없었으나 죽을 꼭꼭 씹어 드셨고 퍼즐을 맞췄으며 루빅스 큐브를 돌렸다. 비틀거리면서 흔들렸던 일상이 회복

되었다. 기운이 뿜뿜 솟아나지는 않았어도 그럭저럭 생활의 균형을 잡을 수 있었다. 코로나19에 직격당해 온몸이 후들거렸으나 우리 가족은 무너지지 않았다. 서로 부축한 채 코로나19의 한복판을 헤쳐 나갔다.

그만큼 할머니는 건강한 체질이었고, 그 덕분에 여러 고비를 넘기면서 장수할 수 있었다. 코로나19는 세계를 휘청거리게 만든 역대급 전염병이었지만 할머니는 그 험한 난관도 극복했다. 하지만 불멸의 상대가 맹렬하게 덤벼들고 있었다. 그 누구도 자유로울 수 없는 노화라는 맞수였다.

> 코로나19에 직격당했으나 우리 가족은 무너지지 않았다.
> 서로 부축한 채 코로나19의 한복판을 헤쳐 나갔다.
> 하지만 불멸의 상대가 맹렬하게 덤벼들고 있었다.
> 그 누구도 자유로울 수 없는 노화라는 맞수였다.

모든 쇠락해 가는 것에는
이유가 없다

　삶에서 변화는 자연스럽게 일어난다. 사람은 끝없이 달라진다. 어제의 나와 오늘의 내가 다르고, 내일의 나는 오늘의 나와 사뭇 다를 수밖에 없다. 이런 변화를 겪는 가운데 많은 걸 배우며 마음의 크기가 커진다. 자신이 제자리에 멈춰 선 채로 딱딱하게 굳어 가는 것처럼 느껴진다면 일부러라도 변화를 도모해야 마땅하다.

　그런데 변화의 즐거움은 건강한 사람에게만 해당한다. 젊은 날의 변화가 성장을 뜻한다면 노인에게 변화란 변고가 되기 쉽다. 나이가 들어서도 변화를 거뜬히 받아 낸다면 좋겠으나 사람의 적응력과 회복력은 갈수록 떨어진다.

　할머니도 변화에 힘들어했다. 노인의 일상에서 일어나는 변화는 대개 괴로웠다. 점점 시야가 아슴푸레해졌고, 귓가에 전해지는 소리는 아득히 멀어졌다. 힘이 떨어져 무언가를 집다가 떨어뜨렸고, 걸핏하면 눈꺼풀이 감겼다. 몸 여기저기가 쑤시고 결렸으며, 피부 곳곳이 참을 수 없이 가려웠다. 들려오는 소식은 우울하기 짝이 없었고, 연락하는 사람은 가파르게 줄어들었다. 더군다나 식사부터 용변까지 모든 걸 타인에게 의존해야하는 신세였다. 할머니의 하루하루는 쓸쓸했고 씁쓸했으며, 애잔하게 애달팠고 고단하게 고달팠다.

　이따금 할머니는 자신이 짐짝처럼 느껴졌을 것이다. 자식들을 키우며 강인하게 인생을 헤쳐 왔는데, 어느새 자신이 할 수 있는 일이라고 해 봤자 고작 휴지 뜯기밖에 없게 됐으니 무척이나 상심했을 터였다. 할머니는 자신이 오래 살아서 자식들에게 폐를 끼친다는 말을 자주 했다.

　우울하지 않기가 어려운 처지였다. 어두운 그늘이 할

머니의 마음에 드리워졌다. 글씨를 쓰려고 손에 쥐었던 연필을 내던졌고, 색칠하는 공책을 거들떠보지 않았다. 아무것도 하지 않으려고 했다. 그저 서러움과 서글픔만이 할머니의 마음을 도배했다.

할머니는 몸이 편찮았던 만큼 마음도 괜찮기가 어려웠다. 시무룩해진 할머니를 어찌어찌 다독이다 보면 두 가지 마음이 뒤섞였다. 나에게 부여된 책임을 다하겠다는 의지와 아울러 기대를 접은 체념이었다. 할머니의 삶에서 새로운 뭔가를 기대한다는 건 지나친 욕심이었다. 할머니가 쇠약해지는 속도를 조금이라도 늦추는 데 주력해야 했다.

물론 내가 아무리 정성을 쏟아도 할머니는 쇠잔해 갔다. 나는 할머니의 약화를 늦추고자 안간힘을 썼으나 노화를 막을 수는 없었다. 노화란 내리막길에서 굴러 내려오는 바윗덩어리였고, 나는 그 바위를 막아 세우려는 무모한 쇠똥구리였다. 노환에 시달리는 할머니를 옆에서 지켜보는 건 힘겨운 일이었다. 나는 이길 수 없는 전투에 내던져진 군인과도 같았다. 패배할 게 뻔

한데도 노화와 대적해야 하는 신세였다. 죽음을 무릅쓰고 항전에 나섰지만 조금씩 조금씩 영토를 빼앗기는 기분이었다.

무난하게 마무리된 것 같은 하루였어도 할머니는 시나브로 쇠잔해졌다. 그 조금씩의 쇠락이 너무도 완강해서 무서웠다. 노화를 물리칠 뾰족한 수가 없었다. 어딘가를 향해 소리치고 싶었으나 어디에도 하소연할 곳이 없었다. 할 수 있는 것이라곤 그저 할머니와 더불어 삶의 몰락을 묵묵히 견디는 일뿐이었다.

> 노화란 내리막길에서 굴러 내려오는 바윗덩어리였고,
> 나는 그 바위를 막아 세우려는 무모한 쇠똥구리였다.
> 나는 죽음을 무릅쓰고 항전에 나섰지만
> 조금씩 조금씩 영토를 빼앗기는 기분이었다.

천근만근
눈꺼풀

　집에 있을 때 식탁에만 머무는 건 지루해서 하루에 두세 번 방에서 동영상을 봤다. 주로 운동경기를 봤는데, 할머니는 활쏘기를 좋아했다. 화살이 과녁 정중앙에 꽂히길 바라며 10점을 외치고 또 외쳤다. 본 걸 또 보지 않도록 올림픽 개인전, 단체전, 혼성 단체전 등 새로운 경기를 찾아 틀었다. 경기가 시작할 때 상대편 국가명과 선수의 이름이 나오면 화면을 멈추고 할머니에게 한 번씩 읽어 보게 했다. 낯선 나라와 사람들의 이름을 잠깐이라도 읽는 동안 신선한 자극을 받길 바라는 마음이었다.

할머니는 배구도 즐겨 봤다. 국가 대항전이 할머니의 피를 뜨겁게 달궜다. 나는 할머니의 의욕과 쾌감을 높이기 위해 한국이 승리한 경기만 골랐다. 도표를 만들어서는 대결을 벌인 나라들을 쭉 적어 놓았다. 봤던 걸 금방 다시 보지 않도록 몇 번을 봤는지 바를 정(正) 자로 표시하면서 골고루 관람하도록 애썼다.

할머니는 한동안 운동경기 영상에 빠져 지냈다. 내가 외출할 때 밖에 있는 시간을 헤아려서 그 시간에 맞춰 영상을 틀어 놓고 나가기도 했다. 그러면 할머니는 내가 없는 동안 혼자서도 운동경기를 즐겼다. 그렇게 국가대표 응원단장처럼 관람하던 할머니가 어느 날부터인가 시큰둥해졌다. 기력이 떨어졌고 화면에 반응하지 못했다. 초점도 흐릿해지는 것 같았다. 흥미를 못 느끼는지 조금 바라보다가 이내 고개를 떨구고 조는 일이 빈번해졌다.

더 강렬한 자극을 느낄 수 있도록 격투기를 틀어 줬다. 할머니는 격투기에 빠져들었다. 자신이 움직이질 못하니 몸과 몸이 격렬하게 부딪치는 격투기에 매료되는 것 같았다. 영화 〈미나리〉의 윤여정처럼 할머니는 숨죽인 채 격투기에서 시선을 떼지 못했다. 긴장이 고조되면 덩달아 흥분하면서 한국 선수가 이기라고 목 놓아 응원했다. 그런데 이렇게 열광하던 모습이 점점 사라져 갔다. 운동경기는 대개 방송 시간이 길었고, 할머니는 영상을 다 보지 못하고 금세 지쳤다. 자신이 좋아하던 스포츠 구경마저 힘에 부치기 시작했다.

200살을 향해 가는 노인이 매 순간 생생하게 깨어 있기는 힘들었다. 할머니는 자신도 모르게 눈을 감았고, 나는 할머니를 깨우는 간수처럼 변해 갔다. 나의 감시에도 불구하고 할머니의 의식은 어디론가 자꾸 달아났다.

"할머니, 졸지 마요, 눈 떠요."

"언제 잤다고 그래."

"지금 눈 감았잖아요."

"안 잤어."

"안 잤으면 이제부터라도 집중해서 봐 봐요."

할머니는 자신이 언제 잤냐면서 오리발을 내밀고는

다시 눈을 감고 꾸벅꾸벅 졸았다. 나 혼자만의 힘으로는 할머니의 눈꺼풀을 들어 올릴 수 없는 때가 잦아졌다. 할머니를 그냥 졸도록 내버려두었다가는 영영 깨어나지 못할까 봐 불안했다. 할머니의 눈꺼풀이 무거워질수록 나는 점점 무서워졌다.

200살 노인이 매 순간 생생하게 깨어 있기는 힘들었다.
할머니는 자신도 모르게 눈을 감았다.
저러다가 영영 깨어나지 못할까 봐 나는 불안했다.
할머니의 눈꺼풀이 무거워질수록 나는 점점 무서워졌다.

할머니의 할머니가
죽는 법

식사도 힘들어졌다. 죽만 먹는데도 소화가 잘 안됐다. 일어나서 걷지 못하고 스스로 몸을 가누지 못하는 상황에서 소화가 잘될 리 만무했다. 밥을 먹기 전에도 트림이 나올 때가 있었고, 소화제를 자주 찾았다. 먹지 않아도 문제, 먹어도 문제였다.

그래도 할머니는 먹으려고 애썼으나 도저히 먹고 싶지 않은 날이 찾아오곤 했다. 한 번씩 마음이 무너져 내리면 할머니는 숟가락을 내려놓았다.

"안 먹어."

"먹어야죠."

"안 먹는다니까."

"어떡하려고 그래요. 안 먹으면 힘이 안 나고 더 아파요."

"먹는 것도 귀찮아."

"그래도 먹어 봐요. 우선 한 숟갈만 잡숴 봐요."

"할머니는 죽 한 그릇 딱 잡수시고 가셨는데, 난 왜 이렇게 오래 사는지 모르겠다."

할머니는 툭하면 자신의 할머니가 별세한 얘기를 늘어놓았다. 할머니가 의류 공장에서 재봉틀을 돌리던 10대 시절에 할머니의 할머니는 이미 앞을 못 보는 상태였다. 할머니는 평소처럼 출근했는데 헐레벌떡 자신을 찾으러 온 사람이 있었다. 그 사람은 할머니의 할머니가 돌아가셨다는 소식을 전했다. 할머니는 소스라치게 놀라 집으로 달려갔고, 가족에게서 들은 얘기가 각인됐다. 할머니는 평생 자신의 할머니가 돌아가신 날을 잊지 못했다.

할머니에게서 들은 얘기는 이러했다. 할머니의 어머

니가 할머니의 할머니에게 쌀이 떨어져서 어떡하느냐고 여쭤봤다. 그러자 할머니의 할머니는 일하러 나가는 애들에게는 도시락을 싸 주고 자기들은 뭐라도 죽을 쑤어 먹자고 제안하셨다. 할머니가 도시락을 들고 출근한 뒤 할머니의 어머니와 할머니의 할머니, 그리고 어린 동생들은 죽으로 끼니를 때웠다. 할머니의 할머니는 죽한 그릇을 싹 비운 다음에 삼숙이에게 담뱃불을 붙여오라고 심부름을 시켰다. 삼숙이는 할머니보다 여섯 살어린 동생이었다. 삼숙이가 담뱃불을 붙이러 간 사이에할머니의 할머니는 앞으로 툭 고꾸라지셨다. 할머니의어머니가 놀라서 자신의 시어머니를 붙잡고 일으켜 세우려고 했으나 이미 숨을 거두신 뒤였다.

할머니는 마지막 죽 한 그릇을 잡수시고 세상을 떠난자신의 할머니를 부러워했다. 자신도 후련하게 가고 싶다고 노래를 불렀다. 할머니의 할머니 얘기를 하도 들어서 나 또한 할머니에게 밥을 먹이려고 실랑이할 때면할머니의 할머니가 아른거렸다. 어쩌면 할머니도 이 죽을 한 그릇 뚝딱 잡수시고 순식간에 앞으로 거꾸러지실지도 모르기 때문이었다.

〈선녀와 나무꾼〉 이야기의 나무꾼처럼 나는 할머니가 한순간에 하늘로 올라가 버릴까 봐 두려웠다. 선녀옷을 감춘 나무꾼같이 나는 할머니를 이 지상에 붙들어 두기 위해 죽을 떠서 입에 넣어 드렸다. 할머니가 배불리 잘 먹으면 하늘로 못 올라갈 거라고 믿고 싶었다. 비록 헛된 희망일지라도 할머니가 하늘로 올라가는 날을 되도록 늦추고 싶었다. 할머니는 나의 소중한 식구이니까.

> 할머니의 할머니는 죽 한 그릇을 잡수시고 세상을 떠났다.
> 할머니는 자신도 그렇게 가고 싶다고 노래를 불렀다.
> 할머니에게 밥을 먹이려고 실랑이할 때마다 나는,
> 할머니의 할머니 생각이 났다.

식사 거부가
말하는 것들

할머니가 밥을 안 먹겠다고 할 때마다 나의 어린 시절이 떠올랐다. 어린 시절의 나는 기분이 상하면 밥을 안 먹겠다고 소리를 치곤 했다. 부모와 대립했을 때 나의 뜻을 굽히지 않기 위한 투쟁의 방법이었다. 자식에게 밥을 먹이려는 부모의 본능을 건드려 원하는 걸 얻어 내고자 무의식중에 발휘한 전략이었다.

때때로 아이들은 자신이 사랑받고 있다는 걸 확인하기 위해 괜스레 응석을 부린다. 자신이 왜 그러는지도 잘 모르면서 어리광과 앙탈을 부리며 관심과 애정을 독차지하려 한다. 아이가 떼를 쓰면 그저 혼내거나 난감해하기보다는 어떻게든 주목을 받고 싶어 하는 아이의 마음을 헤아려 줄 일이다.

할머니도 비슷했다. 할머니는 타인의 돌봄을 받아야만 한다는 점에서 아기와 다름없었다. 무의식중에 자신에게 전해지는 애정이 줄어들었을 때 밥투정이 저절로 튀어나왔을 수 있었다. 아이들이 유치한 행동을 통해 나름의 이익을 얻듯 할머니도 자신에게 정성을 더 쏟으라는 의미에서 숟가락을 내려놓았던 셈이다.

어쩌면 할머니는 자신을 걱정하며 더 챙겨 주기를 원했기에 밥을 안 먹으려고 했는지도 몰랐다. 먹지 않으려는 할머니를 이래저래 달래며 한 숟갈 한 숟갈 떠먹이다 보면 어느새 한 그릇을 비웠다. 뭐가 되었든 타인과 벌이는 끈적한 상호작용 자체를 바라는 외로움이 할머니의 식사 거부에 숨어 있을 것 같았다.

아니면 그만 삶의 의지를 내려놓고 얼른 떠나고 싶다는 단순한 마음이었을지도 모른다. 식사를 끝내면서 삶을 이만 끝내고 싶었던 것이다. 자기도 힘들 뿐 아니라 가족에게 짐이 되는 것 같아 할머니는 미안해했다. 하루 세끼 꼬박꼬박 드시던 할머니가 죽을 떠 줘도 입을 다문 채 한사코 도리질했던 건 이렇게 삶을 이어 가는 게 너무나 싫다는 의사 표현이었을 수도 있다.

그럴 때면 온갖 방법으로 할머니를 어르고 다독이며 밥을 먹여야만 했다. 밥을 먹이는 동안에도 이게 잘하는 일인가 하는 의구심이 불거졌다. 할머니에게 억지로 밥을 먹여서 연명하게 하는 것이 정말 할머니를 위한 일일까? 나의 욕심 때문에 할머니의 괴로운 나날을 연장하는 건 아닐까? 진정으로 할머니를 위한 일은 무엇일까? 선녀 옷을 내어 주듯 하늘나라로 홀가분하게 떠날 수 있도록 해 줘야 하는 걸까?

삶 자체가 귀중하기에 억지로라도 살아 내는 걸 최우선으로 삼아야 한다고 생각했다. 그렇지만 밤마다 자신의 어머니에게 자기 좀 데려가 달라고 기도하는 할머니의 신음이 귓가를 맴돌 때면 죽음이 위로이자 휴식일 수 있다는 반론에 점수를 주게 되었다.

200살을 향해 가는 할머니가 갖가지 고통에 시달리고 있는데, 무조건 참고 견디라고 누가 요구할 수 있을

까? 일부러 목숨을 끊을 수야 없겠지만 삶을 마무리할
수 있도록 돕는 것이 할머니를 위하는 일이 아닌가 하
는 생각마저 들었다.

　복잡하기만 한 인생의 답을 쉽사리 알 수 없듯 할머
니에게 해 줄 수 있는 최선의 대우가 무엇인지 알기는
어려웠다.

삶은 귀중한 것이니 억지로라도 살아 내야 한다.
그렇지만 밤마다 자신의 어머니에게 데려가 달라고 기도하는
할머니의 신음이 귓가를 맴돌 때면
죽음이 위로이자 휴식일 수도 있겠다는 생각이 든다.

양치의
고단함

사람이 머무는 자리는 그 사람을 닮기 마련이다. 할머니가 차지하던 식탁은 할머니처럼 되어 갔다. 할머니는 음식을 자주 흘렸고, 여러 이물질이 할머니 자리에 달라붙었다. 나름대로 열심히 닦아 내고 청소해도 다른 자리보다 얼룩덜룩해졌다. 좋게 보면 연륜이 묻어나는 식탁이 되었지만, 다른 관점에서 보면 식탁은 할머니와 같이 늙어 갔다.

식사에 이어 양치질도 고생이었다. 칫솔로 입안 구석구석을 닦아 내는 일이 만만찮았다. 할머니가 기운이 없어서 칫솔조차 들지 못할 때도 있었다. 그러면 어쩔 수 없이 할머니에게 입을 아, 벌리라고 한 뒤 닦아 줘야 했다. 할머니가 가까스로 벌린 입속을 살펴보면 쪼개진 채 조금 남은 치아 조각이 잇몸에 간신히 붙어 있었다.

치아가 없어도 잇몸을 청소해야 했다. 처음에는 어느 정도의 강도로 칫솔을 움직여야 할지 가늠하기가 어려웠다. 어떻게든 해 보자는 심정으로 위아래 잇몸 구석구석을 닦아 냈는데 영 신통치가 않았다. 그래도 나름대로 안간힘을 쓰며 칫솔로 잇몸을 훑어 냈다.

혀 닦는 일도 중요했다. 할머니의 혀는 허옇게 변해 갔다. 할머니는 스스로 백태를 닦아 내려고 하지 않았다. 그래서 할머니가 양치질하기를 기다렸다가 내 혀를 쭉 내밀어 보이고는 할머니도 혀를 내밀어서 닦으라고 "혀, 혀"를 연거푸 외쳐야 했다. 할머니가 축 처져 있으면 혀만 내밀게 한 뒤에 칫솔을 혀에다 대고 백태를 긁어 냈다.

할머니는 물잔조차 들기를 버거워했다. 양치질하기에 앞서 물잔의 물을 따라 버렸다. 물을 버리면 물잔은 가벼워졌지만 그만큼 입안을 헹궈 낼 물은 줄어들었다.

소금 자루를 들쳐 멘 당나귀가 개울에 빠져서 무게를 덜어 냈다는 이솝 우화가 떠올랐다. 물에 닿은 소금 자루가 가벼워지자 당나귀는 편해졌다. 꾀가 난 당나귀는 다음에 개울을 지나갈 때 일부러 또 물에 빠졌다. 하지만 이번에는 소금 자루가 아닌 솜이불이었다. 당나귀는 물을 잔뜩 머금은 솜이불을 등에 업고 지독히 고생할 수밖에 없었다.

물잔의 물을 버리면 당장은 무게를 줄일 수 있었으나 할머니는 물이 줄어든 만큼 입을 덜 헹궜다. 할머니의 입은 깨끗함과 멀어져 갔다. 더구나 할머니는 목이 자라처럼 앞으로 나온 채 굳어 있어서 고개를 뒤로 젖히기가 힘들었다. 그렇다 보니 입에 넣을 수 있는 물의 양은 아주 적었고, 입에서는 냄새가 가시지 않았다. 치아가 없어도 음식은 잇몸 틈새에 박혀 있었고, 그 찌꺼기에서 풍기는 냄새가 코를 찔렀다.

할머니가 양치하고 입을 헹굴 때 잔을 들어서 입에 부어 주어야 했다. 할머니에게 입을 아, 벌리라고 한 뒤 조금씩 물을 부었다. 그러고는 보글보글하라고 말하면 할머니는 보글보글하다가 물을 뱉었다. 그렇지

만 입안을 깔끔하게 헹구기가 쉽지 않았다. 할머니가
정신이 맑지 못할 때는 양치하던 물을 마시기도 했다.
헹구라고 물을 줬더니 보글보글하다가 꿀꺽 삼키는 걸
볼 때면 어안이 벙벙했다. 예상치 못한 일들이 점점 많
아졌다.

할머니가 노쇠해 가면서 생겨나는 일들에 대비하기
가 어려웠다. 나이가 들면 이러저러한 일이 생기리라고
어느 정도 짐작했더라도 막상 그 일을 겪을 때면 혼란
에 빠지지 않을 수 없었다. 할머니의 노화는 할머니 자
신뿐만 아니라 나에게도 충격이었다. 그 가운데서 가장
큰 충격은 용변이었다.

할머니가 차지하던 식탁은 할머니처럼 되어 갔다.
할머니는 음식을 자주 흘렸고,
여러 이물질이 할머니 자리에 달라붙었다.
좋게 보면 연륜이 묻어나는 식탁이 되었지만,
달리 보면 식탁은 할머니와 같이 늙어 갔다.

기저귀의
역습

　여느 동물들과 달리 사람은 배설하는 걸 타인에게 감추려고 한다. 스스로 용변을 조절하는 건 사람다움의 기본이다. 용변이 원만하게 이뤄지지 않으면 존엄을 지키기가 어렵다. 다 큰 어른이 볼일을 볼 때 타인의 손을 빌린다는 건 스스로 용납하기에 쉽지 않은 일이다. 어마어마한 수치심이 휘몰아친다.

　먹지 않고는 살 수 없고, 먹으면 똥과 오줌이 나온다. 문제는 나이가 들수록 자신의 의지대로 배설되지 않는다는 점이다. 할머니는 하루에도 몇 번씩 화장실에 가야만 했고, 그때마다 자존감이 흔들렸다. 당혹과 창피는 이내 체념과 절망으로 굳어 버렸다. 어느덧 수치심도 사라진 채 무덤덤해졌다.

할머니는 용변을 조절하지 못하게 되면서 마음을 다쳤고, 기저귀를 차면서 마음의 문이 닫혔다. 할머니는 매번 문이 열린 화장실에서 볼일을 봐야 했고, 나의 도움을 받아야만 했다. 어쩔 수 없는 상황이었다. 물론 기저귀를 찬다고 해서 화장실 문제가 해결되는 건 아니었다. 그저 최악을 어느 정도 막아 줄 뿐이었다.

예고 없이 쏟아지는 배설물을 기저귀가 받아 주더라도 뒤처리가 남아 있었다. 할머니를 변기로 옮겨야 했고, 휠체어와 바닥 등을 살피면서 조금씩 묻어 있는 배설물들을 닦아 내는 가운데 할머니도 씻겨야 했다. 그러다 보면 나의 손이나 팔 여기저기에 할머니의 흔적이 남아 있기 마련이었다.

처음에는 할머니의 배설물을 접한다는 사실만으로도 당혹감과 불쾌감이 치밀어 올랐다. 애써 별일 아닌 척 배설물을 닦아 냈으나 본능처럼 올라오는 배설물에 대한 혐오와 거부감이 수그러들지는 않았다. 마음속 깊은 곳에서는 신물이 차올랐다.

　나의 마음처럼 쓰레기봉투는 기저귀로 금방 찼다. 할머니의 기저귀로 채워진 쓰레기봉투에서는 냄새가 피어올랐고 벌레가 꼬였다. 쓰레기봉투를 꽉 채운답시고 봉투의 위를 누르면 기저귀에 배어 있던 액체가 흘러나왔다.

　사용한 기저귀로 가득한 쓰레기봉투는 무거웠다. 무거운 쓰레기봉투를 버리러 나가는 길은 상쾌했다. 그동안 구석에서 웅크린 채 눈살을 찌푸리게 만들던 쓰레기봉투를 치워 버릴 수 있었으니까.

　그렇지만 홀가분함은 금세 가셨다. 내가 날마다 밥을 먹고 화장실에 가듯 할머니의 기저귀는 정기적으로 더러워졌고 쓰레기봉투는 부풀어 올랐다. 쳇바퀴를 돌리듯 기저귀는 끊임없이 더러워진 채 배출되었다. 쓰레기봉투는 삽시간에 그득해졌다.

　겉보기엔 상큼하고 아름다운 나날 안에서도 은밀하게 똥과 쓰레기가 만들어졌다. 남들이 모르는 은밀한 뒤편을 나 자신은 계속 직면해야 했기에 되풀이되는 일상이 괴로웠다. 땀 흘리며 뒤치다꺼리를 해야만 일상을 유지할 수 있었다. 할머니와 함께 살아가는 건 어찌 보면 오붓해 보이는 일상일 텐데, 속을 들여다보면 매일같이 마음 졸이는 나날이 간당간당하게 이어지고 있었다.

겉보기엔 상큼하고 아름다운 나날이지만,
그 안에서는 은밀하게 똥과 쓰레기가 만들어졌다.
할머니와 함께 살아가는 건 오붓해 보이는 일상일 텐데,
속을 들여다보면 매일이 마음 졸이는 나날이었다.

황금 빵
부스러기

잊을 수 없는 하루였다. 아침 일찍 산책을 나선 날이었다. 나는 여름이면 일찍 눈이 떠질 때가 있었고, 그러면 달리기를 하러 나갔다. 새벽은 그나마 할머니를 걱정하지 않고 밖에 나갈 수 있는 시간이었다. 꼭두새벽부터 운동하는 사람들이 많았다. 얼른 달음박질치고 돌아온 뒤에 할머니의 아침을 차려 주면 시간이 딱 맞았다.

그날은 새벽의 활기를 할머니와 나누고 싶었다. 이미 한두 번 새벽에 할머니와 산책한 적이 있었다. 낮에는 나들이할 엄두가 안 날 만큼 무더운 여름이었다. 나는 할머니를 깨워서 빠르게 준비했다. 화장실에 갔다 온 뒤 할머니의 기저귀를 단단하게 채우지 않은 상태에서 얇은 담요를 할머니의 하반신에 덮었다. 아직 뜨거운 햇볕에 달궈지지 않은 이른 아침이라 공기가 살짝 서늘했다.

할머니와 함께 여기저기를 둘러봤다. 할머니는 아침의 풍경을 온몸의 감각으로 누렸다. 시내를 한 바퀴 돈 뒤 집으로 돌아가기 전에 비둘기들에게 밥을 주었다. 할머니는 통에 든 곡식을 비둘기들에게 뿌렸고, 비둘기들 틈바구니에서 참새 몇 마리가 잽싸게 한두 개의 쌀알을 물고는 날아갔다가 눈치껏 돌아와 쪼아 먹었다. 평소와 다를 게 없었다.

그런데 상황이 돌변했다. 할머니가 비둘기들에게 곡식을 던지지 않았다. 냄새가 확 났다. 처음에는 무슨 일이 일어났는지 알 수 없었다. 그저 뭔가 싸한 기운이 목덜미를 훑고 지나갔다. 나는 할머니가 덮고 있던 담요를 살짝 들췄다. 황금색 대변이 기저귀에서 삐져나와 밖으로 넘치고 있었다.

당황했지만 정신을 바짝 차려야 했다. 일단 갖고 있
던 곡식을 비둘기에게 다 내던지고는 쏜살같이 휠체어
의 방향을 돌렸다. 집으로 돌아가면서 대변의 상태를
계속 지켜봤는데, 대변은 일정한 간격을 두고 조금씩
절묘하게 떨어졌다.

돌아가는 길에 할머니는 아무 말이 없었고, 나 역시
아무런 말을 하지 못했다. 무거운 침묵만이 할머니와
나를 뒤덮고 있었다.

나는 평소보다 빠르게 휠체어를 몰면서도 속도를 조
절했다. 혹여나 급한 마음에 서두르다가 대변이 확 흘
러넘칠 수도 있었기 때문이었다. 다행히 대변은 일정한
간격으로 적은 양만이 뚝뚝 떨어져 내렸다.

집에 돌아와 어머니와 함께 뒷정리를 하면서 할머니
를 목욕시켰다. 그러고는 휴지 뭉치를 한가득 들고나와
길에 떨어진 할머니의 대변을 닦았다. 일정한 간격을
두고 떨어져 있던 대변을 닦다 보니 어느 지점부터 대
변의 흔적이 사라졌다.

그때 뜬금없이 〈헨젤과 그레텔〉의 빵 부스러기가 떠

올랐다. 숲으로 끌려간 헨젤과 그레텔 남매는 집으로 돌아가는 길을 표시하고자 주머니에 있던 빵 부스러기를 몰래 길에 뿌렸다. 하지만 안타깝게도 새들이 빵 부스러기들을 쪼아 먹어 버렸다. 이와 비슷하게 할머니의 대변은 바닥으로 뚝뚝 떨어졌고, 비둘기들은 그 대변을 음식인 줄 알고 쪼아 먹었을 것 같았다.

이 사건은 나에게 너무나 큰 충격과 당혹감을 줬는데, 그나마 위안이 되었던 건 할머니의 대변이 윤기가 찰찰 흐르는 황금색이라는 사실이었다. 황금색 대변은 할머니의 장이 튼튼하다는 증거였다.

돌아가는 길에 할머니는 아무 말이 없었고,
나 역시 아무런 말을 하지 못했다.
그나마 위안이 되었던 건 할머니의 대변이
윤기가 찰찰 흐르는 황금색이라는 사실이었다.
황금색 대변은 할머니의 장이 튼튼하다는 증거였다.

설사와
자존감

할머니가 밖에서 실례한 사건은 나의 무의식 깊숙이에 꽁꽁 감춰 둔 기억을 건드렸다. 그 기억은 아주 무거운 자물쇠로 잠겨 있어서 나조차도 오랫동안 잊고 있었다. 그러다가 할머니의 대변 사건으로 자물쇠가 덜컥 열리면서 그때 그 일이 떠올랐다.

초등학교 4학년 여름방학이었다. 밖에서 아이스크림을 먹었다. 그러다 집으로 돌아가는 길에 배가 싸했다. 내 안의 모든 것이 엄청난 기세로 송두리째 분출하려 했다. 까무러칠 것만 같았다. 나는 뱃속을 진정시키고자 심호흡을 하면서 조심조심 발걸음을 옮겼다. 겨우

1차 위기를 넘겼다.

언제든지 위기가 재발할 수 있었기에 천천히 걸었다. 한여름인데도 식은땀이 흘렀다. 어느 정도 시간이 흐르자 괜찮아지기는커녕 2차 위기가 터졌다. 눈이 똥그래진 채 멈춰 서서는 허벅지에 힘을 잔뜩 줬다. 가쁜 숨을 몰아쉬면서 속을 진정시키려고 안간힘을 썼다. 길을 걷고 있었는데 주위에 누가 있는지 하나도 보이지 않았다. 나의 신경은 온통 나의 내장에 집중되었다.

가까스로 2차 위기를 가라앉히고 다시 발을 뻗어 앞으로 나아갔다. 몇 발짝을 채 걷지도 않았는데 3차 폭발의 낌새가 느껴졌다. 더 이상 참기가 어려웠다. 근처의 화장실을 찾아 움직였다. 그런데 마음가짐이 '집까지 참겠다'에서 '화장실을 찾겠다'로 바뀌자 뱃속은 한층 더 격렬하게 꿈틀거렸다. 죽을힘을 다해 막고 있었으나 그보다 더 강한 힘이 뿜어졌다. 나의 항문은 속절없이 열려 버렸다. 바지를 타고 모든 것이 흘러내렸고, 나의 의식도 흘러내렸다.

정신을 차려보니 근처 상가 화장실로 피신한 상태였

다. 여기서 씻고 돌아가야 할 터였다. 그렇지만 자그마한 공중화장실에서 씻는다는 것이 좀처럼 엄두가 나지 않았다. 나는 화장실 한쪽에 웅크리고 있었다.

한 아주머니가 어둠 속에서 떨고 있는 나를 발견했다. 남녀 공용 공중화장실이었다. 그 아주머니가 나에게 뭘 물어봤는지, 아니면 나의 상태를 보고 파악했는지는 가물가물하다. 내가 집 전화번호를 알려 줬는지도 기억나지 않는다. 다만 아주머니가 나가고 조금 기다리자 어머니가 나타났다는 점만은 확실히 떠오른다. 삶에서 구원이라는 게 있다면 나에게는 아마 그 순간이었으리라.

어머니는 공중화장실에서 간단히 나를 씻기고 옷을 갈아입혀 주었다. 그리고 기억은 뚝 끊긴다. 어떻게 집으로 돌아왔는지, 돌아오는 길에 어머니와 어떤 얘기를 했는지도 기억나지 않는다. 그 뒤로 30년이 넘게 지났으나 한 번도 이 사건에 대해 누군가와 대화를 나눈 적이 없었다. 나도 잊고 지냈다. 그러다 할머니가 황금색 설사를 누자 지난날 어찌할 바를 몰라 하던 내가 떠올랐다.

황금색 설사가 쏟아져 나와 공중화장실로 도망쳤던 사건은 감당할 수 없는 충격이자 자존감을 무너뜨리는 상처였다. 하지만 돌이켜보면 겸손을 배울 수 있었던 사건이었다. 나의 의지만으로 삶을 완벽하게 통제할 수 없음을 설사는 가르쳐 주었다.

어머니와 마찰을 빚을 때면 나는 그때 상가에서 나의 똥을 닦아 내던 어머니를 떠올리곤 했다. 그러면 눈물겹게 고마운 마음이 들면서 치밀던 화가 누그러들었다.

> 황금색 설사가 쏟아져 나왔던 사건은
> 감당할 수 없는 충격이자 자존감을 무너뜨리는 상처였다.
> 하지만 돌이켜보면 겸손을 배울 수 있었던 사건이었다.
> 나의 의지만으로 삶을 완벽하게 통제할 수 없음을
> 설사는 가르쳐 주었다.

벽에
똥칠한다는 것

  설사는 사실 큰 문제가 아니었다. 뒷정리가 껄끄럽더라도 설사를 한 뒤 할머니는 홀가분해졌다. 기저귀는 갈면 되었다. 진짜 문제는 변비였다. 대변이 나오지 않으면 그야말로 재앙이었다. 할머니도 몹시 고생했고 나도 발을 동동 구를 수밖에 없었다.

  할머니가 나올 것 같다고 얘기해서 변기에 앉혀 놓아도 막상 소변만 나올 때가 많았다. 볼일을 시원하게 보기가 쉽지 않았다. 걷지 못하니까 장운동이 활발할 수가 없었다. 더구나 할머니는 식이섬유 섭취가 부족했다. 죽에 브로콜리와 당근 등 여러 채소를 갈아 넣어도 식이섬유 권장량을 채우기는 어려웠다. 식이섬유가 부족하니 대변을 원활하게 누기가 쉽지 않았다.

게다가 할머니는 액체를 섭취하지 않으려고 했다. 물이나 음료수를 마시면 오줌이 나올 수밖에 없었고, 괄약근 조절이 어려웠던 할머니는 물을 마시는 행위를 기저귀가 젖는다는 의미로 받아들였다. 할머니는 목이 말라도 참았다. 그래서 소변을 덜 눌 수 있었는지 모르나 대변도 누기가 어렵게 되었다.

대변을 못 누고 하루이틀이 지나면 나중에 한꺼번에 나오는 게 아니라 대변이 속에서 단단하게 뭉쳐 굳었다. 그러면 더욱 나쁜 상황으로 치달았다. 할머니는 변기에 앉아 힘을 잔뜩 주었지만 똥은 나올 기미가 없었고, 피와 함께 치루만 튀어나왔다. 할머니는 어떻게든 빼내고자 똥을 파내려고 했고, 할머니의 손은 엉망이 되었다.

처음엔 밑 닦는 일을 할머니에게 맡겨 놓고 있었다. 그러다 할머니의 손과 이곳저곳에 똥이 묻는 일이 벌어졌다. 할머니는 똥 묻은 손으로 휴지를 만지고 흘러내린 머리카락을 넘기고 자신도 모르게 얼굴을 만졌다. 그 모습을 보는데 감정을 주체하기가 어려웠다. 똥 범벅이 된 할머니에게 이게 무슨 짓이냐고 소리치면서 등과 어깨를 여러 번 때렸다. 어찌 보면 너무나 안쓰럽고 딱한 상황이었으나, 똥칠하는 할머니와 마주한 순간에는 나의 정신과 의지가 바닥으로 내동댕이쳐지는 기분이었다.

어쩔 수 없이 내가 나설 수밖에 없었다. 할머니의 배를 문지르고 엉덩이를 누르면서 배변을 유도했다. 힘을 주다 보면 항문 주변이 찢어졌지만, 그렇게라도 해서 단단하게 뭉친 똥을 밖으로 빼낼 수 있었다. 할머니의 똥을 빼내는 과정에서 나의 손도 엉망이 되었다. 손가락을 닦아 내고 비누칠을 열심히 했으나 손에 밴 냄새는 쉽사리 가시지 않았다.

할머니와 화장실에서 사투를 벌이고 나면 쾌변이 얼마나 감사한 일인지 새삼스레 깨닫곤 했다. 똥은 곧 자신의 현재 상태와 직결되어 있었다. 마음이 조마조마하고 신경 쓸 일이 많고 건강도 별로일 때는 쾌변이 이뤄지기 어려웠다. 색깔도 좋지 못했고 냄새도 지독했다.

할머니의 화장실 문제에 시달릴 때마다 나 역시 화장실에 오래 있게 되었다. 그런데 내가 변기에 앉아 있을 때 할머니가 화장실에 가고 싶다고 부르는 경우가 자주 발생했다. 그럼 나는 짧게 한숨을 쉰 뒤 얼른 수습하고 밖으로 튀어 나갔다.

할머니와 화장실에서 사투를 벌이고 나면
쾌변이 얼마나 감사한 일인지 새삼스레 깨닫곤 했다.
똥은 곧 자신의 현재 상태와 직결되어 있었다.
마음과 몸이 아프면 똥 색깔이 안 좋고 냄새도 지독했다.

키위가
고맙다

변비의 해결사로 그린 키위가 등장했다. 할머니는 평소에도 과일을 끼니때마다 드시긴 했다. 사과, 배, 귤, 딸기, 수박 등등도 나름의 효과가 있었으나 그린 키위가 배변을 촉진하는 데 탁월했다. 천연 소화효소뿐만 아니라 풍부한 식이섬유가 있어서 변비 증상을 누그러뜨렸으며, 변의 양을 늘리고 부드럽게 만들어 배변이 한결 수월해졌다.

변비로 고생하다가 폭신폭신한 대변이 부드럽게 나올 때처럼 감격스러운 일도 없었다. 시원하게 똥을 눌 때 할머니의 표정은 밝았다. 오랜 어둠 속에 갇혀 있다가 모처럼 햇살을 본 사람의 얼굴이었다.

"쑥 나왔어요?"

"응, 쑥 나왔어."

"시원해요? 안 시원해요?"

"시원해."

"좋아요? 안 좋아요?"

"……."

"좋아요? 안 좋아요?"

"좋아."

　나는 화장실에서도 굳이 할머니에게 말을 걸곤 했다. 일부러 특정한 답을 유도하는 방식으로 물었다. 할머니가 그냥 시원하게 용변을 본 것으로 그치지 않고 좋은 느낌을 언어로 표현하면서 좋은 기분을 더 누리길 바라는 마음에서였다.

　할머니의 삶에는 좋은 것이 좋지 않은 것보다 훨씬 적었다. 인생사부터 자기 뜻대로 되지 않았고, 어느덧 자기 몸뚱이조차 가눌 수 없게 되었다. 하나하나 원망하고 한탄하기 시작하면 끝도 없었다. 할머니는 불만이 많았고 걸핏하면 불퉁스레 볼멘소리를 늘어놓았다. 넋 두리를 들어주는 것도 한두 번이었다. 쾌변을 하듯 할 머니의 몸속에서 해묵은 불평을 내려보내고 싶었다.

만족과 긍정과 감사를 할머니의 마음에 불어넣고자 나는 유치한 방식으로 대화를 전개했다. 안 좋은 걸 안 좋다고 지적하는 것도 중요하겠지만 좋은 걸 부각하고 싶었다. 좋은 걸 확인하고자 '좋아'라는 대답을 끌어내 려 애썼다. '좋아'라고 정해진 답을 할머니가 말할 때까 지 묻고 또 물었다. 좋아요? 안 좋아요? 좋잖아요? 그 렇죠?

오랫동안 변비로 고생하던 할머니가 쑥 나왔다고 말 할 때면 괜히 흐뭇했다. 할머니는 약간 멋쩍어하면서도 시원하다며 미소를 지었다. 할머니의 쾌변을 위해 그린 키위는 바나나와 함께 부드럽게 갈려서 하루 세 번 제 공되었다. 할머니는 그린 키위를 반찬처럼 먹었다. 나 는 그린 키위가 떨어지지 않도록 냉장고에 한가득 넣어 두었다.

할머니의 변비를 통해 먹는 일이 싸는 일과 하나로 이어져 있음을 생생하게 배울 수 있었다. 먹고사는 일이 곧 먹고 싸는 일이었다. 삶을 찰흙 주무르듯 마음대로 제어할 수는 없었지만 적어도 무엇을 먹고 어떻게 눌지에는 관여할 수 있었다. 잘 먹고 잘 누기만 해도 삶의 상당 부분이 괜찮다는 뜻이었다.

할머니의 삶에는 좋은 것이 좋지 않은 것보다 훨씬 적었다.
인생사가 그랬고, 이제 몸도 말을 듣지 않는다.
할머니는 불만이 많아졌고 볼멘소리를 늘어놓았다.
쾌변을 하듯 할머니의 해묵은 불평도 날려 버리고 싶었다.

그 곱던 봉숭아 손톱은
어디 가고

나이가 들수록 할머니는 자신을 돌보지 못했다. 거울을 들여다보면서 스스로 머리를 빗질하지 않았다. 아침에 일어나서 뒤통수 한쪽은 눌리고 다른 쪽은 뜬 채로 하루를 보내기 일쑤였다. 할머니는 자신의 모습에 관심조차 없었다. 거울을 들여다보지 않으면서 자신을 돌아보지 않았고, 그만큼 자신을 돌보지 않게 되었다. 그러다 돌아오지 못할 곳으로 영영 가 버릴 것 같았다.

그냥 놔두어도 야생의 멋이 있다면 그런대로 봐 줄 만할지도 모른다. 하지만 누군가에게서 풍기는 야생미도 알고 보면 고도의 손질이 가미되어야 이뤄진다. 관리되지 않으면 그야말로 너저분함으로 직행한다.

화장실에서 세수를 시키고 머리카락을 매만지면 할머니의 상태는 조금 나아졌지만 그것만으로는 턱없이 부족했다. 손톱이 자라는 속도는 여느 사람들보다 더뎠으나 어김없이 자라났고, 손톱 밑으로 때가 시커멓게 끼었다. 할머니는 손가락을 미세하게 조정하는 데 애를 먹었다. 손톱깎이를 건네주어도 스스로 손톱을 자르지 못했다.

시시때때로 식탁은 네일아트 숍으로 탈바꿈했다. 할머니의 손을 펴고 손톱 밑의 때를 벗겨 낸 뒤 손톱을 하나하나 조심스레 잘랐다. 너무 바짝 자르면 아파했기에 조금의 여유를 두고 잘랐다. 손톱을 자르다 보니 예전에 손톱에 봉숭아 물을 들인 일이 떠올랐다.

까마득한 어느 날이었다. 할머니가 동네를 거닐다가 봉숭아 꽃을 따 오셨다. 30년 전에도 이미 할머니였던 할머니는 봉숭아 꽃잎을 찧기 시작했다. 나도 물들이고 싶다고 했더니 할머니는 내 손톱 위에다 찧은 봉숭아 꽃잎을 얹은 뒤 비닐로 감싸 묶어 주었다. 하룻밤이 지나자 나의 손톱은 주황빛으로 채색됐다. 알록달록한 손으로 등교할 때 쑥스러우면서도 묘한 즐거움으로 가슴이 두근거렸다. 나에게 학교 잘 갔다 오라고 손을 흔들어 주던 할머니의 손톱도 곱게 물들어 있었다.

손톱에 복숭아 물을 들인 지가 언제인지 가물가물할 만큼 시간이 흘렀다. 할머니의 고왔던 손은 어느덧 거칠게 변해 버렸다. 핸드 로션을 발라 주면 손에다 로션을 왜 바르냐고 손사래를 치셨다. 스스로 들여다보지 않는 만큼 할머니의 손은 주름과 굳은살로 가득했다. 손톱은 딱딱하게 메말라 갔다.

눈에 금방 띄는 손톱은 그나마 관리할 수 있었는데, 발톱은 어찌하기가 어려웠다. 할머니의 발톱은 오랜 무좀균의 침략으로 두껍고 커져 있었다. 마치 기이한 암석 같았다. 처음에는 할머니가 목욕하고 난 뒤에 물기에 젖은 발톱을 어떻게든 잘라 내려고 여러 번 시도했는데 결과는 신통치 않았다. 발톱이 발과 하나가 되었는지 조금만 잘라 내도 할머니는 아파했다.

하릴없이 목욕하고 난 뒤 발톱에다 무좀약을 바르는

걸로 마무리했다. 무좀약을 듬뿍 발라도 차도는 없었
다. 괴상한 형태의 발톱은 기나긴 세월을 거치며 할머
니의 일부가 되어 버렸다.

할머니는 사계절 내내 양말을 신고 있었다. 발이 시
리다는 명분으로 양말을 찾았지만, 어쩌면 변형된 자
신의 발이 조금은 부끄러워서 감추고 싶었을지도 모르
겠다.

나이가 들수록 할머니는 자신을 돌보지 못했다.
거울을 들여다보지 않으면서 자신을 돌아보지 않았고,
그만큼 자신을 돌보지 않게 되었다.
그런 모습으로 먼 곳으로 영영 가 버릴 것 같았다.

긁어도
긁어도

할머니는 고통의 순환 속에서 하루하루를 버텼다. 하루는 허리가 욱신거렸고, 이튿날에는 엉덩이가 까졌으며, 약을 발라 좀 나아진 것 같으면 다른 엉덩이 부위가 또 까졌다. 몸 여기저기가 탈이 나는 가운데 몸뚱이 자체가 버겁게 되어 버렸다. 가려움이라는 고통이 더해졌기 때문이었다.

할머니는 자신의 몸을 박박 긁었다. 매일 자신의 몸을 긁는 일을 지겨워했다. 지겨워도 긁지 않을 수 없었다. 지겨운 가려움증을 물리치고자 지겹게 긁었지만 가려움은 지겹도록 끈질겼다.

나이가 들수록 피부가 건조해지면서 가려움이 발생한다. 피부의 지질이 줄어들고 각질층이 얇아져 수분 유지 능력이 떨어진 데다 외부 자극에 취약해지면서 염증 반응이 증가한 결과다. 이에 더해 피지 분비가 감소하고 땀샘 기능이 원활하지 않은 데다가 혈액순환이 저하되어 수분과 영양 공급이 부족해진다. 이러니 가렵지 않을 수가 없다. 여기에 위생과 청결의 문제가 더해지면서 노인들 상당수가 가려움증을 겪는다.

가려워서 긁을 수밖에 없는데, 긁는다고 가려움은 가시지 않는다. 더 가려워진다. 긁을수록 피부가 손상되고 염증이 심해져 가려움증이 만성화된다. 가려움증에는 음식도 한몫 톡톡히 거든다. 좋지 않은 첨가물이 음식을 통해 몸에 들어오면 이상 증세가 일어난다. 할머니에게는 아이스크림이 그랬다.

더운 여름날, 밥을 먹고 나서 할머니와 아이스크림을 후식으로 나눠 먹곤 했다. 나는 할머니의 각성을 돕고자 바닐라 아이스크림에다 커피를 조금 부어 줬다. 할머니를 위한 아포가토였다. 아포가토를 드시면 할머니는 낮에 덜 졸았다. 당뇨 증세가 걱정되긴 했으나 아이스크림 한 숟갈 정도는 괜찮다고 여겼다. 이 정도의 시원함도 누리지 않고 후텁지근한 여름을 견디기는 어렵다고 생각했다. 그렇지만 그런 나의 느슨함이 문제를 일으켰다.

유제품에 대한 반응인지 아니면 색소나 향료 때문인지 아이스크림을 먹고 난 밤이면 할머니는 잠들지 못했다. 너무나 가렵다고 소리를 질렀다. 가려움증은 쉽게 가라앉지 않았다. 열대야여서 좀처럼 잠들기 어려웠던 데다 할머니의 가려움증으로 말미암아 잠이 홀라당 달아나 버렸다. 평소에도 가려움증을 앓던 할머니에게 아이스크림이 불을 붙였다. 악몽의 열대야가 되었다.

더는 아이스크림을 주지 않았더니 가려움이 가라앉았다. 어쩔 수 없이 할머니는 아이스크림과 영영 담을 쌓고 지내야 했다. 소박하면서도 단순한 즐거움을 상실했다. 나이가 든다는 건 소소한 즐거움을 하나씩 계속 잃어 가는 여정이었다.

가려움증이 누그러졌어도 아예 사라지지는 않았다.

아무래도 위생 문제가 있었다. 손과 얼굴이야 하루에도 십수 번 화장실에 갈 때마다 씻었지만, 다른 신체 부위는 그렇지 않았다. 처진 가슴과 겨드랑이와 등에는 땀띠를 막기 위해 날마다 분을 발라야 했고, 잠들기 전에 가려움증 약을 먹을 수밖에 없었다.

먹는 약이 늘어만 갔다. 당뇨 약, 고혈압 약, 진통제 등등. 약을 너무 많이 먹어서 되레 병이 되는 건 아닐까 염려가 되었으나 그렇다고 약을 끊기도 어려웠다. 약을 끊었다가 자칫 그 약 성분이 부족해 갑자기 돌아가시면 어떡하냐는 두려움이 마음에서 맴돌았다. 그저 덜 아프기를 바라며 약을 제때 챙겨 드렸다. 할머니가 약 기운에 취해 푹 주무시기를 바라는 도리밖에 없었다.

할머니는 자신의 몸을 박박 긁었다.
매일 자신의 몸을 긁는 일을 지켜워했다.
지겨운 가려움증을 물리치고자 지겹게 긁었지만
가려움은 지겹도록 끈질겼다.

치이익,
찰싹

　밤은 안식의 시간이 아니라 불안한 시간이었다. 낮에는 조용했던 할머니가 밤이면 딴판이 되었다. "오야스미" 하고 재워도 얼마 못 가 아프다거나 가렵다고 소리를 질렀다. 할머니의 신음을 들으면서 나의 밤도 시들어 갔다.

　낮에는 그나마 옆에 내가 있고 주변이 환하니까 마음이 별로 불안하지 않은 듯했다. 그렇지만 밤에는 홀로 어둠 속에 누워야 했다. 곯아떨어졌어도 몸 여기저기가 편찮으니 잠에서 금방 깨어났다. 그럼 까만 먹빛만이 자신을 에워싼 것 같아 안절부절못했다. 고통의 비명이 터져 나오지 않을 수 없었다.

　그날 밤도 힘겹게 잠의 문턱을 넘으려고 할 때였다.
누워 있는 나의 귓가로 치이익 하는 소리가 들렸다. 할
머니가 기저귀 찍찍이를 떼는 소리라는 걸 단번에 알아
들었다. 잠을 청할 수가 없었던 나는 할머니에게 왜 기
저귀 찍찍이를 떼냐고 물었다. 할머니는 대답도 없이
그저 기저귀를 벗으려고 애썼다. 피로에 지친 나는 참
고 일단 자라고 말하며 할머니의 눈을 감겼다. "오야스
미"를 다시 소곤거리고는 자리에 누웠다.

　그렇지만 조금의 시간이 지나자 치이익 소리가 또 들
렸다. 잠깐 기다렸다. 멈출지도 몰랐기 때문이었다. 아
니었다. 치이익 소리가 계속 들렸다. 할머니가 치매가
아닌가 하는 생각이 들었다. 나는 다시 할머니에게로
가서 왜 기저귀를 벗으려고 하냐고, 그럼 어떻게 될 것
같냐고 물었다. 기저귀 찍찍이를 떼지 말고 제발 그냥
자라고 기저귀를 다시 입히면서 부탁 같은 협박을 했
다. 그렇지만 한밤중에 자신도 모르게 불편해서 기저귀
를 벗으려고 하는 할머니에게 나의 얘기는 가닿지 않았

다. 잠을 청하려고 누운 나의 귓가로 또다시 치이익 소리가 들렸다.

이성의 끈이 뚝 끊겼다. 나는 기저귀를 벗고 있는 할머니의 배를 손바닥으로 내리쳤다. 철썩하는 소리와 함께 할머니의 비명도 터졌다. 나는 기저귀 찍찍이를 다시 붙이고는 또 벗으면 또 맞을 거라고 위협한 뒤 자리로 돌아와 누웠다. 치이익 하는 소리는 더 이상 들리지 않았다.

누웠는데 잠이 오지 않았다. 그제야 정신이 들었다. 참을 인 자 셋이면 살인도 면한다고 했는데, 세 번을 넘기지 못했다. 한 번 더 참았으면 되었는데 그걸 못 했다는 후회가 밀물처럼 밀려왔다. 모진 세월에 치여 몸집이 자그마하게 쪼그라든 100살 노인을 때린 나 자신이 너무나 한심했고, 몸 둘 바를 모를 정도로 수치스러웠다. 스스로가 천하의 인간 말종처럼 느껴졌다. 손자에게 맞는 할머니가 불쌍했고, 할머니 때문에 밤잠을 설치며 괴로워하는 나도 가여웠다. 마음 깊은 곳에서 통증이 소용돌이치던 밤이었다.

이튿날 아침까지 할머니는 조용히 잠들어 있었다. 나

는 괜스레 할머니 배를 쓰다듬으면서 쇠스랑개비 왔냐고 말을 걸었다. 할머니에게 쇠스랑을 휘두른 것 같은 폭력을 저질러 놓고 뻔뻔하게 굴었다. 표현하지 못했어도 혹독하게 자책했다. 이루 말할 수 없는 후회가 나를 집어삼켰다.

그 뒤로도 오랫동안 나는 미안함과 죄책감에 시달렸다. 폭력의 후유증이 잦아들길 염원하며 틈만 나면 할머니의 배를 쓰담쓰담 어루만졌다.

이성의 끈이 뚝 끊겼다.
나는 기저귀를 벗고 있는 할머니의 배를 손바닥으로 내리쳤다.
철썩하는 소리와 함께 할머니의 비명도 터졌다.
나는 몸 둘 바를 모를 정도로 나 자신이 수치스러웠다.

요양원의
유혹

 할머니와 지내는 나날이 힘들었기에 요양원을 생각하지 않을 수 없었다. 전문가들이 나보다 훨씬 잘 보살필 거라는 희망을 품고 요양원을 검색했다. 할머니를 요양원에 맡기고 자주 찾아뵙는 게 더 낫지 않을까 싶었다. 그런데 할머니는 요양원의 '요' 자만 나와도 소스라쳤다.

 "할머니, 요양원에 갈래요?"

 "……."

 "요양원에 가면 할머니 같은 친구들도 많고, 전문가

들이 도와줄 거예요. 어때요?"

"안 가. 죽으면 죽었지 요양원에는 안 가."

할머니는 요양원 얘기에 질색했다. 죽어도 요양원에
는 가지 않겠다고 선언했다. 할머니의 단호한 거부에
떠밀려 요양원 얘기는 쑥 들어갔다. 요양원에서 나름대
로 만족하며 지내는 노인들도 있을 테고, 요양원에 보
낸 가족들 역시 각자의 사정이 있겠지만, 할머니는 요
양원에 가는 것을 버려지는 일로 받아들였다.

나 역시 괜히 꺼내 본 말이기는 했다. 요양원에 가면
어느 정도 돌봄을 받겠지만 할머니의 기운은 걷잡을
수 없이 시들어 갈 게 뻔했다. 전문 인력들이더라도 상
대해야 하는 노인의 숫자는 너무나 많았고, 요양원에
서 받는 대우가 좋기는 어려웠다. 요양원에서 할 수 있
는 일이란 죽음을 기다리는 일 말고는 없는 것 같았다.
이따금 언론을 통해 보도되는 요양원의 실태 또한 끔
찍했다.

그런데 요양원이라는 유혹이 내 마음에서 자꾸 어른
거렸다. 할머니가 좀처럼 밥을 먹지 않거나 자잘한 걸

두고 할머니와 티격태격할 때면 나는 지친 나머지 농담 반 진심 반으로 요양원에 가자고 윽박질렀다. 그럼 할머니는 잠깐 주춤했다. 하지만 요양원이라는 으름장은 효과가 오래가지 않았다.

"아이, 또 이런다. 할머니, 자꾸 이러면 요양원에 갈 수밖에 없어요."
"요양원? 그래 가자, 요양원에 보내라."

할머니는 흥분과 체념이 뒤섞인 목소리로 요양원에 가겠다고 소리쳤다. 나는 요양원에 가겠다는 할머니의 말에 깜짝 놀랐다. 죽어도 가기 싫다던 요양원에 가겠다는 건 죽고 싶다는 뜻이었기에 가슴 깊은 곳에서 파문이 일었다. 이와 동시에 요양원에 가는 한이 있어도 자기 뜻을 굽히지 않겠다는 할머니의 배짱에 감탄이 절로 나왔다.

속으로는 요양원에 가는 걸 두려워하더라도 겉으로나마 요양원에 보내라고 소리친 할머니의 기백은 대단했다. 요양원이라는 공갈에 주눅 들지 않을 만큼 할머니는 다부졌고, 앞으로도 장수하실 터였다.

할머니를 요양원에 보낼 수는 없었다. 그렇다면 집에서 계속 모실 수밖에 없었다. 집이 요양원처럼 되어 갈수록 나의 정체성은 복잡해졌다. 할머니의 손자이자 할머니를 돌보는 요양사이자 요양이 필요한 환자처럼 되어 갔다. 할머니는 내가 돌보지만 나를 돌볼 사람이 없었다. 수많은 사람을 상담하는 상담사도 때때로 상담받을 필요가 있듯 누군가를 돌보는 사람도 때로는 돌봄을 받을 필요가 있는데, 나는 도움을 요청할 데가 없었다. 홀로 참고 버텨야만 했다.

나는 산산이 부서질지언정 할머니를 포기하지 않겠다고 각오했다. 어금니를 꽉 깨물고 일상을 지탱했다.

> 할머니를 요양원에 보낼 수는 없었다.
> 그렇다면 집에서 계속 모실 수밖에 없었다.
> 나는 산산이 부서질지언정 할머니를 포기하지 않겠다고 각오했다.
> 어금니를 꽉 깨물고 일상을 지탱했다.

이 동굴에도
끝이 있을까

　한 사람을 책임진다는 건 몹시 힘든 일이었다. 할머니를 책임지겠다고 단단히 마음먹었음에도 나의 다짐은 수시로 흔들렸다.

　해야 할 게 많았다. 시간에 맞춰 약을 줘야 했고, 기저귀가 젖지 않도록 화장실로 옮겨야 했다. 키위의 껍질을 벗긴 뒤 갈아야 했고, 밥을 잘 먹는지 지켜봐야 했으며, 사레가 들리면 등을 두드린 다음 물을 줘야 했다.

　이뿐만이 아니었다. 할머니는 끊임없이 나를 찾았다. 휴지를 건네 달라는 부탁부터 자신이 뜯어 놓은 휴지를 옮기라는 요청까지, 자질구레한 모든 걸 해야 했다. 나의 도움이 없으면 생활이 안 되었다.

할머니가 그걸 달라고 말하지만 그게 뭔지 단어를 떠올리지 못할 때 단번에 할머니의 필요를 알아차려야 했다. 어느 순간부터는 할머니가 뭔가를 요구하기도 전에 무엇을 해 줘야 하는지 직감으로 알아채고 먼저 준비해놓기까지 했다.

할머니가 손수 할 수 있는 게 별로 없으니 수발을 드는 건 어쩔 수 없었다. 그렇지만 너무나 지치는 일이었다. 해도 해도 끝이 없었다. 아마 아이를 키우는 엄마가 이런 기분일 것 같았다. 엄마들은 아직 말도 서툰 아이를 유심히 지켜보며 아이가 뭘 원하는지 헤아려서 미리해 준다. 나도 할머니의 엄마가 되어 할머니를 챙기는 셈이었다. 할머니에게 신경이 온통 쏠렸고, 마음속에서 긴장감이 팽팽했다.

집을 나와도 편하지 않았다. 외출해도 마음 한편에서 자식이 지금 뭘 하고 있을지 헤아리는 엄마들처럼 나역시 할머니에 대한 염려가 마음 한편에 똬리를 틀고있었다. 실제로 할머니는 나를 계속 찾았다. 아이가 엄마를 찾듯 할머니는 내가 돌아오기를 기다리고 기다렸다. 조금이라도 늦으면 무슨 일이 있는 건 아닌지 노파심으로 끙끙댔다. 아이를 위해 부리나케 귀가하는 엄마들처럼 나는 할머니를 생각하며 헐레벌떡 돌아올 수밖에 없었다.

그런데 할머니는 내 자식이 아니었다. 내리사랑이 그치기가 어렵다면, 위로 향하는 치사랑은 줄기차기가 어려웠다. 할머니에 대한 애정과 책임감을 느꼈지만 자신을 희생하는 엄마들처럼 될 수는 없었다. 자식을 향한 엄마들의 사랑에 한계가 없다면 할머니를 향한 나의 사랑에는 한계가 뚜렷했다.

할머니를 챙겨야 해서 눈이 떠졌고, 힘이 솟아났다. 그러나 할머니 때문에 피곤해서 눈가가 파르르 떨렸고, 힘들었다. 할머니는 나의 힘이자 짐이었다. 문제는 갈수록 내가 시들어 가면서 할머니가 버거운 부담으로 느껴졌다는 점이었다. 한 사람을 24시간 돌보는 일은 또 다른 누군가가 자신을 갈아 넣어야만 이뤄질 수 있었다. 나를 몽땅 갈아 넣었어도 할머니는 나아질 기미가 없었다. 어떤 날은 너무나 지친 나머지 나 자신조차 건사하기가 힘들었다. 이부자리에서 일어나지 못한 채 그냥 한참을 널브러져 있기도 했다. 아침에 일어나기가 점점 두려워졌다.

기나긴 동굴을 혼자 지나는 것 같았다. 처음에는 가벼운 발걸음으로 들어갔는데, 들어갈수록 동굴은 캄캄해졌다. 가도 가도 칠흑 같은 어둠만이 도사렸다. 동굴 속에서 미끄러지기 일쑤였고, 쉴 곳은 보이지 않았다. 언젠가 이 동굴 밖으로 나가리라고 생각했으나, 이 동굴의 끝이 있을지는 알 수 없었다. 너무나 막막해 소리를 지르면 저 멀리서 내 울부짖음이 메아리가 되어 들려왔다. 동굴 안에 갇힌 채 삶이 끝날 것 같은 공포가 나를 사로잡았다. 나는 조금씩 휘청이다가 무너져 내렸다.

> 할머니를 챙겨야 해서 눈이 떠졌고 힘이 솟아났다.
> 그러나 할머니 때문에 지쳐서 눈가가 파르르 떨렸다.
> 동굴 안에 갇힌 채 삶이 끝날 것 같은 공포가 나를 사로잡았다.
> 나는 조금씩 휘청이다가 무너져 내렸다.

노화의
전염

24시간 할머니와 붙어 지내다 보니 녹초가 되었다. 밤에는 안식을 취하기 어려웠고, 잠을 자도 개운하지 않았다. 낮에 눈을 뜨고 있어도 뭔가를 할 의욕이 없었다. 내 마음속의 불은 조금씩 빛을 잃었고, 심지도 똑바로 서지 못했다.

눈보라가 몰아치는 허허벌판에서 촛불 하나를 간신히 켜 놓은 꼴이었다. 손바닥으로 둘러싼 뒤 이 촛불을 지키겠다고 각오했지만, 여린 입김에도 촛불은 한없이 일렁거렸다. 언제 꺼져도 이상하지 않을 만큼 아슬아슬했다.

그렇지만 견뎌야 했다. 내가 쓰러지면 나만 고꾸라지는 게 아니었다. 나에겐 할머니가 있었다. 그런데 할머니가 나를 깡그리 빨아먹는 듯한 기분이었다. 내가 지키려는 할머니 때문에 내가 허물어졌다. 너무 지친 나머지 감정 조절이 되지 않았다. 작은 일에도 민감하게 반응했고, 예전이라면 웃으며 넘어갈 일에 짜증이 왈칵 터졌다. 나를 다스리는 기운과 의지가 고갈되었다. 내 정신 건강에 적색등이 켜졌다.

나는 나를 추스르고자 발버둥을 쳤다. 피로 회복에 좋다는 비타민 C를 대용량으로 구매해서 섭취했다. 중고 장터에서 시디신 레몬즙을 사서 먹었다. 그 밖에 원기 향상에 도움이 된다는 흑마늘이나 인삼도 먹었다. 어떻게든 시간을 내어 달음박질하고 돌아왔다. 그 덕분인지 잠깐씩이라도 기운이 나서 할머니라는 촛불을 보호할 수 있었다. 그렇지만 피로라는 칼바람은 그리 호락호락하지 않았다. 피로는 쉴 새 없이 불어왔고, 내 마음은 폭삭 삭아 버린 채 형편없이 나부꼈다.

하루하루가 버거웠다. 어디에도 도움을 요청할 수 없

었고, 여기서 빠져나갈 방법이 보이지 않았다. 온통 추위와 어둠으로 둘러싸인 상황에서 이 자그마한 촛불을 과연 내가 끝까지 지킬 수 있을지 확신하지 못했다.

막막했다. 먹먹한 마음에 무릎이 꺾였다. 더 견딜 수가 없었다. 겉보기엔 튼튼해 보여도 속은 뭉그러지면서 곤죽이 되었다.

아이를 키우는 일과 달랐다. 갓난아기 시절에야 누군가가 24시간 붙어 있어야 하지만 아이는 금세 자라고, 뒷바라지할 일은 점차 줄어든다. 이와 달리 할머니는 서서히 약해졌고, 뒤치다꺼리할 일은 계속 늘어났다. 언제 이 모든 게 끝날지 가늠할 수 없었다. 할머니가 장수하는 만큼 나의 수명이 단축되었다.

모든 사람을 뒤흔드는 노화가 여지없이 나를 강타했다. 머리카락이 빠졌고, 허리가 휘었으며, 어깨가 움츠러들었고, 무릎이 시큰거렸다. 근육량이 줄었고, 상처가 생기면 좀처럼 새살이 돋아나지 않았으며, 깜빡깜빡하는 일이 생겨났다. 감기에 걸리면 기침과 콧물이 좀처럼 가시지 않았다. 무엇보다 마음의 온기가 사그라들

었다. 젊은 시절에 품었던 싱싱한 의지와 촉촉한 희망
은 퍽퍽하게 메말라 갔다.

꾸역꾸역 버티는 데 구역질이 났다. 나 스스로 촛불
을 꺼뜨리고 모든 걸 내팽개치고 싶었다. 내 마음에 구
멍이 나자 용암처럼 들끓던 고통이 터져 나오기 시작했
다. 나는 고통의 화산이 되어 버렸다.

> 노화가 여지없이 나까지 강타했다.
> 머리카락이 빠졌고, 허리가 휘었고, 무릎이 시큰거렸다.
> 무엇보다 마음의 온기가 사그라들었다.
> 젊은 시절의 싱싱한 의지와 촉촉한 희망이 메말라 갔다.

걸레는
죄가 없다

　나는 어머니에 대한 애증이 강했다. 그동안 고생하신 걸 옆에서 보고 자랐기에 어머니를 생각하면 가슴이 아렸다. 더 다정하게 대하고 싶은 마음이 굴뚝같았다. 하지만 그만큼 밉기도 했다. 가난에 시달리면서도 돈과 시간을 교회에 갖다 바치는 것이 너무나 싫었다. 차라리 수녀가 되지 왜 결혼해서 나를 낳아 이렇게 고생시키냐며 나는 어머니의 마음을 자주 할퀴었다.

　젊은 시절에는 어머니가 교회에 가는 걸 어떻게든 막고 싶었다. 그렇지만 그건 나의 욕심이자 오만이었다. 어머니가 간섭했어도 내가 살고 싶은 대로 살아왔듯 어머니 역시 나와는 다른 존재였다. 나는 어머니를 존중하되 다만 신앙의 강요를 어떻게든 걸러 내고 밀어 내고자 애썼다.

문제는 어머니의 신앙생활 때문에 할머니가 받아야 할 돌봄이 부족하다고 느낄 때였다. 어머니의 수발은 내가 보기에 모자랐다. 교회에 가는 걸 줄이면 할머니가 덜 외로울 수 있었고, 나 역시 자유로울 수 있었다.

돌아다니면서 사람들과 어울리는 어머니를 이해했다. 여태껏 힘들게 살아온 어머니가 이제라도 자기가 하고 싶은 걸 즐겁게 하길 바라는 마음이 컸다. 일흔이 넘어 물리치료를 받고 침 맞으러 다니는 어머니에게 예전부터 그래 왔듯 여전히 희생하기를 요구하는 건 너무나 가혹했다.

그러나 다른 한편으로는 할머니에게 소홀한 채 외부 행사에 진심으로 임하는 어머니가 이해되지 않았다. 어머니에게 아무리 열정이 많다고 해도 수많은 사람을 챙길수록 할머니에게로 향하는 기운은 줄어들 수밖에 없었다. 어머니의 외부 활동은 어머니가 나를 믿고 할머니를 맡겼다는 의미이기도 했지만, 그만큼 자신의 어머니에게 신경을 덜 쓴다는 의미이기도 했다.

어머니가 교회에 자주 나갈수록 나는 꼼짝없이 할머니와 붙어 있어야만 했다. 어머니가 그동안 희생해 온 만큼 이제 내가 좀 희생해도 된다고 생각했지만 이 희생을 언제까지 감당할 수 있을지 자신이 없었다.

부모는 자식을 사랑해서 희생하더라도 보상 심리로부터 자유롭기가 어렵다. "내가 널 어떻게 키웠는데"라는 말을 들먹이며 장성한 자식의 삶을 쥐락펴락하려는 이유다. 나 역시 한갓 사람에 불과해서 보상을 바라는 마음이 아예 없지는 않았다. 그렇지만 보상이라고 할 만한 게 딱히 없어서 마음속 깊은 곳에 불만이 쌓여 갔다.

교회에 대한 반감과 어머니에 대한 애증, 그리고 할머니에게 묶여 있는 신세에 대한 답답함이 오랫동안 뒤섞이면서 폭탄이 되어 버렸다. 어떻게든 의지를 발휘해서 내면의 폭탄을 꽁꽁 감췄지만 피로에 떠밀려 폭탄의 안전장치가 풀리고 있었다. 이윽고 작은 불씨에도 폭탄이 터지기 시작했다.

하루는 내가 헐어서 얇아진 수건들을 걸레로 쓰려고 바닥에 놔두고는 곰팡이가 생긴 걸레들을 버렸다. 나중에 쓰레기봉투에 버려진 걸레를 본 어머니는 왜 멀쩡한 수건을 걸레로 만들고 쓸 만한 걸레를 버리냐고 구시렁거리며 걸레들을 꺼냈다. 이 별것 아닌 일에 나는 뚜껑이 열려 버렸다. 집에 쌓여 있는 수건 상자들을 찢어서 벗긴 다음 내동댕이치면서 "이거 다 쌓아 뒀다가 뭐 할 거냐"라고 소리를 고래고래 질렀다.

어떻게든 의지를 발휘해서 내면의 폭탄을 꽁꽁 감췄지만
피로에 떠밀려 폭탄의 안전장치가 풀리고 있었다.
이윽고 작은 불씨에도 폭탄이 터지기 시작했다.
그 불똥이 애꿎은 걸레로 옮겨붙었다.

우울한
분노

　한번 물꼬가 터진 분노의 격류는 좀처럼 잔잔해지지 않았다. 누그러들기는커녕 정말 사소한 일에도 욱해서 어머니에게 소리쳤고, 물건을 집어 던졌다. 화내는 것도 습관이었고, 중독이었다.

　마음을 주체하기가 어려웠다. 모든 것에 진저리가 났다. 쌓여 있는 불만을 터뜨리지 않고는 못 배겼다. 나는 축적된 분노를 몽땅 어머니에게 터뜨렸고, 그 증세는 심각해졌다. 그러다 이성의 둑이 우르르 붕괴해 버렸다. 분노에 눈이 멀어 악귀에 씐 것처럼 굴었다. 어머니를 다그치면서 닦달했다. 그래도 분노가 수그러들지 않아 괜히 가만히 있던 할머니에게도 고성을 내질렀다. 화가 난 나머지 마구 행동을 저질러도 되는 것처럼 굴었다. 나는 망가진 기관차처럼 폭주하면서 이탈해 버렸다.

내가 미쳐 날뛰면 어머니는 당분간 외부 활동을 줄였다. 그렇지만 그건 결코 내가 원하는 모습이 아니었다. 일흔을 넘어 여든을 향해 가는 어머니가 할머니를 돌보느라 처량하게 늙어 가기를 바라지 않았다. 나는 어머니가 즐겁게 지내길 염원했다. 어머니의 노후가 안정되고 여유로울 수 있도록 돕고 싶었다. 그러나 나는 어머니를 뒷받침할 만큼 힘이 없었다. 내가 그토록 응축된 화를 품고 있었던 이유도 알고 보면 어머니의 든든한 버팀목이 되지 못한 나의 처지 때문이었다.

나는 할머니를 돌보는 일을 하고 있었다. 냉정하게 나의 위치를 진단하자면 세상 어디에서도 인정받기 어려운 상황이었다. 할머니를 수발하면서 나름대로 여러 일을 계획하고 시도했지만 시원하게 풀리는 건 하나도 없었다. 앞날을 새롭게 열 실마리조차 보이지 않았다.

어쩌면 스스로 외면하고 있었을 뿐이지 진작에 나의 삶은 망해 버렸을지도 몰랐다.

나는 이런 나의 현실을 애써 무시했다. 그러나 스스로를 감쪽같이 속일 수는 없었다. 나는 실패했다. 실패자 특유의 체념과 무기력이 나를 휘감았고, 그렇게 만들어진 우울한 분노가 만만한 가족을 상대로 터졌던 것이었다.

어머니에게 폭언을 쏟아붓고 난 밤이면 잠이 오지 않았다. 한편으로는 속이 시원했지만 다른 한편으로는 부끄러워서 쥐구멍에라도 숨고 싶었다. 경박하게 날뛰던 나와 경악한 채 슬퍼하던 어머니가 자꾸만 떠오르며 내 마음을 갈기갈기 찢었다. 그나마 공부를 통해 조금이라도 성숙했다는 자그마한 자부심마저 깡그리 부서졌다. 나는 남들에게는 친절하게 굴지만 가족들에게는 폭군이 되어 버리는 추악한 위선자에 지나지 않았다.

나는 시커먼 어둠 속으로 곤두박질쳤다. 내가 도대체 뭐 하는 인간인가 싶었고, 왜 사나 싶었다. 더 나은 사람이 되고자 그동안 아등바등했는데, 모든 게 물거품이

된 것 같았다. 내 안의 분노는 식을 줄 몰랐고, 마음의 상처는 자꾸만 덧났다.

돌이켜 보니 내 삶은 허망하기 짝이 없었다. 엉망으로 빌빌대며 살았고, 앞으로도 그러할 것 같았다. 눈물이 홍건하게 차올라 주르륵 흘러내리며 두 뺨을 적셨다. 시간은 더디 흘렀고, 밤은 더욱 까매졌다.

나는 시커먼 어둠 속으로 곤두박질쳤다.
더 나은 사람이 되고자 그동안 아등바등했는데,
모든 게 물거품이 된 것 같았다.
내 안의 분노는 식을 줄 몰랐고, 마음의 상처는 자꾸만 덧났다.

200살 할머니의
미소

아침이 밝았다. 나는 평소와 달리 쇠스랑개비 왔냐고 묻지 않았다. 연세와 고향에 대해서도 질문하지 않았다. 그저 기계처럼 할머니를 화장실로 옮겼다가 식탁에 앉힌 뒤에 밥을 차려 주었다. 할머니는 별다른 반응 없이 식사했다. 그러다가 한마디를 건넸다.

"아직도 화났냐?"

"……."

평소라면 할머니의 말 한마디 한마디에 조잘조잘 대

화를 이어 갔을 텐데, 아무런 말도 할 수 없었다. 그저 고개를 숙이고 있는 나에게 할머니는 재차 말을 걸었다.

"인아."

"……."

"아직 화가 안 풀렸냐?"

고개를 들어 보니 할머니가 빙그레 웃고 있었다. 할머니의 미소를 보자 당혹스러웠다. 내가 길길이 날뛸 때 할머니 역시 놀라고 상처받았을 텐데, 할머니는 다 이해한다는 듯 나를 가만히 바라보며 웃고 있었다.

할머니의 미소는 내 가슴 깊숙이 파고들어 굳어 있던 마음을 살포시 어루만졌다. 비록 어제까지는 화를 냈더라도 오늘도 굳이 화를 낼 필요는 없다는 다독임이었다. 어제의 내가 너무 보잘것없이 느껴졌고, 여전히 꽁한 채로 오늘을 보내는 것이 어리석은 낭비라고 생각됐다. 할머니가 웃으며 건넨 말 한마디에 화가 가라앉았다. 지옥 불처럼 타오르던 분노의 불길이 사르르 사그라들었다. 비수처럼 날카로웠던 마음의 모서리가 둥그레졌다.

　온갖 시련을 겪어 마음이 피멍으로 가득한 200살 할머니가 환하게 웃었다. 풋풋한 들꽃 쇠스랑개비의 미소였다. 할머니의 미소는 흔들리고 넘어져도 아침이 밝으면 다시 추스르고 나아가자는 위로였다. 살다 보면 화날 일도 많고 슬픈 일도 많지만 그래도 웃으며 살아가자는 용기였다.

　할머니가 웃는데 나도 못 웃을 게 없었다. 덩달아 웃었다. 어제까지 칼 든 망나니처럼 굴다가 순식간에 갓 난 망아지처럼 웃고 있는 내가 징그럽고 어색했다. 그래도 오그라드는 손가락을 펴면서 나는 애써 함박웃음을 지었다. 어차피 나는 미친놈이라고 여기면서 미친 듯이 웃었다.

　웃음과 함께 눈물이 터져 나왔다. 고마웠고, 미안했다. 옹졸하게 쭈뼛거리고 있던 나에게 할머니는 선뜻 말을 걸었다. 그리고 봄 햇살보다 따사롭게 웃어 보였다. 할머니의 미소를 보면서 확연히 깨달았다.

내가 할머니를 지켜 주는 게 아니라 할머니가 나를 지켜 주고 있다는 걸.

내가 곁에 없으면 할머니가 외로운 게 아니라, 할머니가 없었더라면 나의 삶이 너무나 처절하게 외로웠으리란 진실을.

200살 할머니가 환하게 웃었다.
그 미소는 흔들리고 넘어져도 아침이 밝으면
다시 추스르고 나아가자는 위로였다.
살다 보면 화날 일도 많고 슬픈 일도 많지만
그래도 웃으며 살아가자는 용기였다.

100살 찍고
200살로

어느덧 할머니의 생신이 다가왔다. 할머니의 2025년 생일은 의미가 사뭇 남달랐다. 1925년에 태어나셨으니 만으로 100세가 되신 거였다. 어찌 보면 100세나 99세나 별로 다를 게 없지만 느낌은 딴판이었다. 99살도 대단하나, 100살은 경이로웠다. 사회가 고령화되면서 100살 노인이 드물지 않아졌어도 여전히 100살까지 사는 건 여간 어려운 일이 아니었다. 할머니는 그 어려운 일을 해냈다.

내색하지 않았어도 할머니 역시 100세 생일을 기대하셨을 것이다. 자신이 못 살아도 100살까지는 살겠다

고 의지를 다지셨을 것이다. 그만큼 100이라는 숫자는
아름다웠다. 격동의 한 세기를 견딘 노인은 존경받아
마땅했다.

어느 때보다 뜻깊게 축하하는 자리가 열렸다. 현수막
도 제작해 거실 벽에다 붙였다. 100세 생일을 축하하고
사랑한다고 적힌 현수막을 보면서 할머니는 덤덤했다.
그래도 속으로는 무척이나 행복해하셨을 것이다. 여자
친구는 장미 100송이를 안겨 드렸다. 100살 할머니가
살아생전에 처음 받는 생일 꽃이었다.

할머니는 아침 일찍 옥색 한복을 차려입고 손님들을
맞이했다. 오랜만에 할머니의 자식들과 동생들과 조카
들과 손주들이 한자리에 모였다. 100세 할머니답게 어
느새 증손녀와 증손자도 꽤 있었다. 모처럼 집이 시끌
벅적했다.

할머니 생신을 축하하러 온 사람들이 할머니 주위를
에워쌌고, 내가 사진을 여러 장 찍었다. 나는 굳이 할머
니와 함께 찍지 않아도 괜찮았다. 할머니는 내 마음에
강렬하게 각인되어 있었고, 불멸의 흔적이 남아 있었기

때문이었다. 할머니의 100세 생일을 맞아 따로 선물을 준비하지는 않았다. 할머니에게 딱 맞춤인 선물이 바로 나였으니까.

손님들이 하나둘 떠나자 집은 이내 썰렁해졌다. 할머니는 홀로 식탁에 앉아 퍼즐을 맞추고 루빅스 큐브를 돌렸다. 그렇게 할머니의 100번째 생일이 지나갔다.

100번째 생일을 맞았어도 일상은 변함없었다. 다음 날 나는 쇠스랑개비 왔냐며 할머니를 깨웠고, 할머니는 나긋나긋한 미소를 보였다. "연세가 어떻게 되세요?"라는 질문에 할머니는 당당하게 200살이라고 답했다. 정말 그러했다. 할머니는 100살을 넘겼고, 진짜 200살을 향해 나아갔다. 예전 한국식 나이 계산법으로 따지면 1925년에 태어난 할머니는 진작에 101살이었다. 예전에는 농담처럼 여기던 200살이 현실로 다가오고 있었다.

지자체에서 명아주 지팡이를 선물했다. 원래는 축하금 100만 원을 주었는데 지자체 예산이 빠듯해지면서 폐지되었다. 명아주 지팡이 상자에는 노인의 날을 맞아

보건복지부에서 제작했다는 표시가 되어 있었다. 나는 할머니에게 명아주 지팡이를 보여 주면서 이 지팡이를 짚고 걸으셔야 한다고 말했다.

할머니는 명아주 지팡이를 힐끗 바라보더니 "걸을 수만 있다면 얼마나 좋을까" 하며 한숨을 내쉬었다. 그제야 나도 할머니가 걸을 수 있다면 얼마나 좋을까 하는 생각이 들었다. 할머니가 팔팔하게 걸어 다니던 시절에 나는 할머니와 산책하지 않았다. 할머니와 어디를 같이 다닌 적도 없었다. 나는 할머니에게 관심이 아예 없었다. 할머니가 거동을 못 하게 되고 나서야 할머니를 돌보며 할머니가 어떤 사람인지 알게 되었다.

100번째 생일을 맞았어도 일상은 변함없었다.
"연세가 어떻게 되세요?"라는 질문에
할머니는 당당하게 200살이라고 답했다.
할머니는 100살을 넘겼고, 진짜 200살을 향해 나아갔다.

삼숙이

　할머니의 100세 생일이 지나자 긴장감이 살짝 풀렸다. 서로 암묵 중에 목표했던 100세라는 고개를 넘었기 때문이었다. 목표가 이뤄지고 난 뒤의 성취감과 아울러 헛헛함이 찾아왔다. 다음 목표인 200살이 저 멀리 보였으나 선뜻 의욕이 솟구치지는 않았다.

　100세를 넘어가자 할머니는 더 약해졌다. 몸의 통증은 심해졌고, 인지능력은 더욱 떨어졌다. 이상 증세도 나타났다. 내가 할머니의 머리맡에서 "오야스미"를 하고 난 뒤 덧붙이는 말이 있었다. 삼숙이가 꿈에 나타나면 꼭 안아 주라는 말이었다.

삼숙이는 할머니의 헤어진 동생이었다. 20세기에 한반도에서는 동족상잔의 비극이 있었고, 그 비극은 할머니의 삶에도 지워지지 않는 상흔을 남겼다. 한국전쟁이 벌어지기 전에 삼숙이는 가출해서 이북으로 갔다. 여자라는 이유로 학교에 가지 못해 원한이 사무쳤던 삼숙이는 여자들도 평등하게 교육받는다는 북한을 선망했었다. 할머니와 할머니의 어머니는 삼숙이를 찾으러 사방으로 돌아다녔으나 끝내 삼숙이를 붙들지 못했다.

그렇게 영영 이별한 줄 알았던 삼숙이를 반세기가 지나서 간신히 만났다. 할머니는 중국 공안의 집에서 몰래 삼숙이를 만났다. 삼숙이는 북한에서 못 먹고 못 입은 채로 몹시 고생해서 언니들보다 더 늙어 있었다. 할머니는 삼숙이를 붙잡고 50년 넘게 생사조차 알지 못했던 슬픔을 눈물로 쏟아 냈다. 그리고 갖고 있던 금붙이와 달러를 삼숙이에게 전해 줬다. 삼숙이에게 같이 한국으로 가자고 권했으나, 가족들이 북한에 남아 있었기에 삼숙이는 북한으로 돌아가야 했다.

이렇듯 할머니는 삼숙이에 대한 애틋한 마음을 품고

있었기에 삼숙이가 꿈에 나타날 법도 했다. 삼숙이가 꿈에 나오면 뭘 해 줄 거냐고 나는 밤마다 물었고, 할머니는 밥도 해 주고 안아도 줄 거라고 꼬박꼬박 대답했다. "오야스미"에 이어서 매일 반복하는 할머니와 나의 대화였다. 물론 삼숙이는 꿈에 나오지 않았다.

그러다 하루는 잠들고 얼마 지나지 않아 할머니가 크나큰 소리로 잠꼬대를 했다.

"삼숙이냐, 삼숙이냐."
"인아, 가자! 어서 와라. 삼숙이다. 가자."

나는 이부자리를 박차고 할머니에게로 뛰어갔다. 꿈에 삼숙이가 와서 할머니를 데리고 가려는 것 같았다. 그런데 혼자 가지 않고 함께 가려고 나를 부른 것이었다. 잠꼬대였지만 너무나 커다란 목소리였다.

할머니를 흔들어 깨우며 삼숙이가 왔냐고 물었더니 할머니는 잠결에 삼숙이가 왔다고 답했다. 매번 자기 전에 삼숙이를 꼭 안아 주라고 말했지만, 정작 삼숙이가 나타나자 나는 삼숙이를 따라가지 말라고 당부했다.

그리고 지금 본 삼숙이는 꿈일 뿐이니까 푹 자라고 할머니를 토닥였다.

그러고는 다시 자리에 누웠는데, 얼마 안 있어 할머니가 또다시 외쳤다.

"인아, 어서 와라, 가자! 삼숙아, 가자!"

당혹스러운 밤이었다. 사람이 세상을 떠날 때 친숙한 인물이 저승사자처럼 나타난다는 얘기를 들었는데, 삼숙이가 저승사자로 할머니의 꿈에 출현한 것 같았다. 나는 할머니의 어깨를 흔들어 깨우면서 아직 갈 때가 아니라고 간곡하게 붙잡았다.

할머니를 흔들어 깨우며 삼숙이가 왔냐고 물었더니 할머니는 잠결에 삼숙이가 왔다고 답했다. 매번 자기 전에 삼숙이를 꼭 안아 주라고 말했지만, 이제 나는 삼숙이를 절대 따라가지 말고 당부했다.

3장

200살
할머니의
마지막 100일

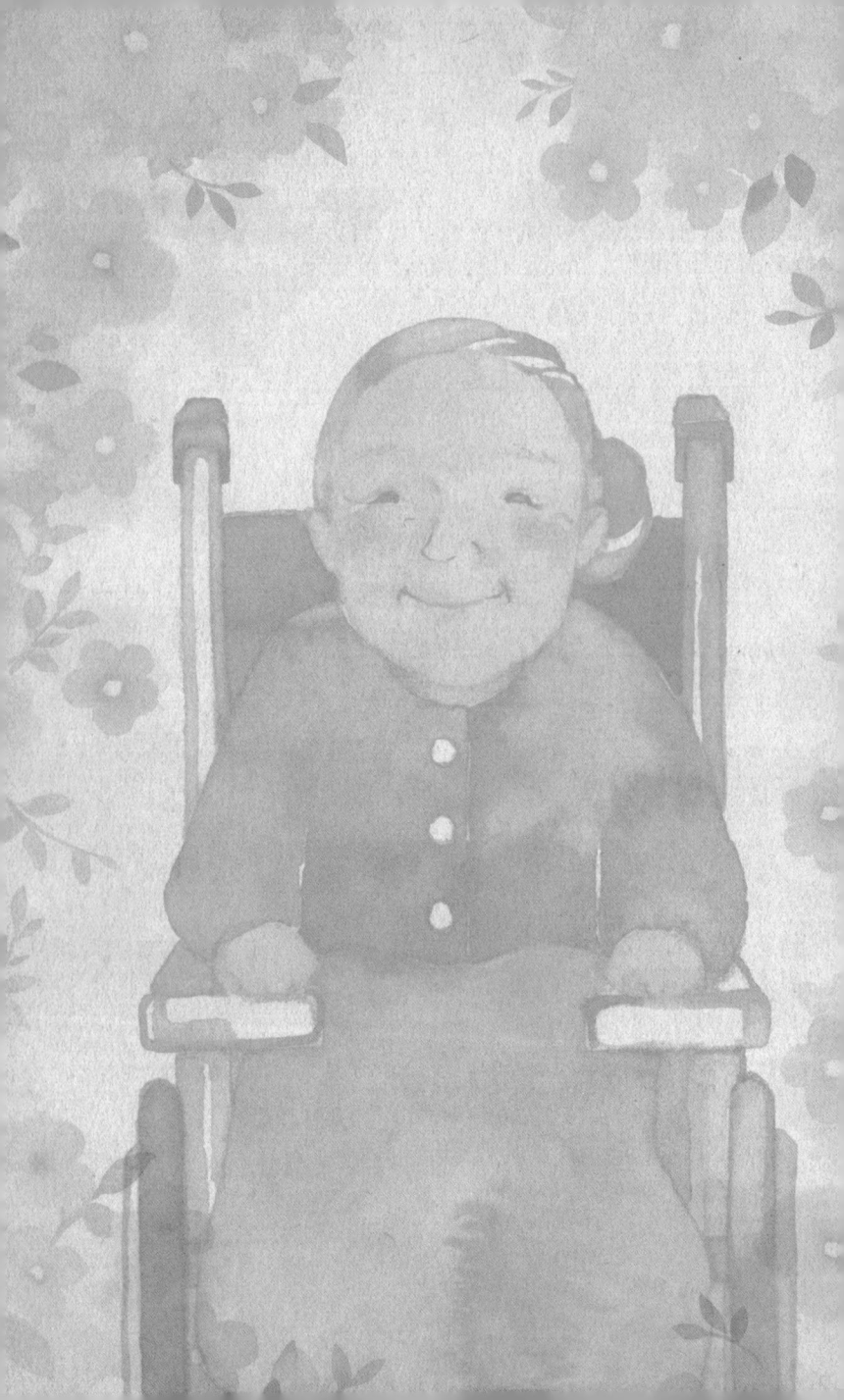

잃어 가는
것들

할머니에게서 불길한 징조들이 연거푸 나타났다. 우선 글씨가 안 보인다면서 책을 전혀 읽지 못했다. 나는 어떻게든 읽게 하려고 시도했으나 할머니는 책을 대번에 덮어 버렸다. 할머니가 보는 세상은 뿌옇게 변했고, 할머니의 앞날 역시 뿌예지고 있었다. 할머니는 예전에 백내장 수술을 받았는데 재발하는 것 같았다. 안약을 사다가 할머니 눈에 넣어 드렸지만 신통치 않았다.

글자 쓰기도 어려워졌다. 손에 힘이 들어가지 않아 글씨는 개발새발 흐트러졌고, 너무 힘이 드는지 아예 쓰지 않으려고 했다. 인지능력 저하를 막아 주었던 독

서와 글쓰기가 할머니의 일상에서 떨어져 나갔다.

놀이도 어려워졌다. 화투는 짝을 기억하고 있었지만 자신이 깔고 뒤집어서 패를 맞추던 방식을 잊어버렸다. 내가 화투 놀이를 하라고 화투장을 깔아 놓으면 하나씩 뒤집으면서 짝을 맞춰 가는 게 아니라 그냥 다 뒤집어 버렸다.

날쎄게 완성하던 퍼즐도 버거워하기 시작했다. 몇 시간이 지나도 맞추지 못한 채 한참을 헤맸다. 할머니는 퍼즐 조각을 들고는 어찌할 바를 몰라 했고, 막막해하는 할머니를 보면서 나의 가슴은 먹먹해졌다.

할머니의 악력은 손에 쥔 모래알처럼 빠져나갔다. 루빅스 큐브마저 돌리는 데 어려움을 겪었다. 몇 번을 돌리다가 털썩 내려놓았다. 끈질기게 시도한 끝에 한 면을 다 맞추고 환호하던 모습과 무척 멀어졌다. 뽁뽁이 포장재조차 손으로 눌러 터뜨리지 못했다. 불행 가운데 다행이라면 그나마 뽁뽁이 장난감을 누를 수 있었다는 점이었다. 힘껏 눌러야 터지는 뽁뽁이 포장재와 달리 장난감 뽁뽁이는 아주 살짝 눌러도 뽁 소리를 내면서 뒤집혔다.

할머니는 그 좋아하던 산책도 즐기지 못하게 되었다. 황금색 대변 사건 이후로 할머니는 산책을 꺼렸다. 모처럼 밖에 나가도 멀리 가지 말고 얼른 돌아가자고 요구했다. 새들에게 먹이를 주는 일에도 심드렁해졌다. 팔에 힘이 없어서 곡식을 뿌리는 데 애를 먹었다.

할머니에게 소소한 만족감을 주던 것들이 하나둘 떠나갔다. 당혹스러웠다. 할머니가 누리던 일상이 와장창 허물어지고 있었다. 기나긴 하루를 어떻게 보내야 할지 난감했다.

할머니는 젊은 시절에 재봉틀을 돌리고 옷을 만들었다. 이러한 옛날 기억을 되살리고자 여자 친구가 뜨개질 도구를 선물해 줬다. 할머니는 몇 년 전까지만 해도 손수 털모자를 만들기도 했으니까 괜찮은 시도였다. 하지만 할머니는 이미 삶의 의욕과 호기심이 꺾인 상태였다. 뜨개질 도구를 봐도 시큰둥했고, 나는 그런 할머니를 보면서 시무룩해졌다.

할머니가 멍하니 있지 않도록 나는 퍼즐을 맞출 수

있게 옆에서 거들었고, 같이 뽁뽁이를 눌렀다. 그렇지만 효과는 미미했다. 즐거움이나 설렘은 할머니에게서 사라졌고, 지루하고 피로한 순간들만이 남았다.

기운이 없어진 할머니는 모든 걸 귀찮고 성가셔했다. 자신의 미래를 비관했다. 나도 할머니의 미래를 긍정하기가 어려웠다. 할머니의 상태는 거침없이 가차 없이 나빠져 갔다.

할머니에게서 불길한 징조들이 연거푸 나타났다.
우선 글씨가 안 보여 책을 전혀 읽지 못했다.
글자 쓰기도, 화투도, 퍼즐도 어려워졌다.
할머니의 상태는 거침없이 가차 없이 나빠져 갔다.

기억의
증발

　할머니의 인지능력은 급속히 나빠졌다. 잘 때가 되면
이렇게 말했다.

　"저녁 안 주냐?"

　처음에 이 말을 들었을 때는 할머니가 배고파서 그냥
하는 말이라고 여겼다. 그런데 그게 아니었다. 할머니
는 진지하게 자신이 저녁을 건너뛴 줄 알았다. 내가 자
신을 굶긴 채 재우려 한다고 생각했다.

"저녁 먹은 거 기억 안 나요?"

"안 나."

"아니, 지금이 밤인데 저녁을 줬겠어요, 굶겼겠어요?"

"나 안 먹었어."

할머니는 밤마다 저녁 식사를 안 했다고 주장했다. 어머니는 간단한 과자나 빵을 줘서 할머니의 허기를 달 랬고, 나는 잠자기 전에 먹는 게 별로 안 좋으니까 그냥 참게 하는 편이었다. 어찌 됐든 치매를 의심할 수밖에 없는 상황이었다. 나와 같이 대화하면서 하루를 보냈 기에 심각한 상태로 치닫지는 않았지만, 어느새 자신이 밥을 먹었는지 안 먹었는지도 모르는 지경이었다.

나는 평소에 할머니에게 고향을 물으면서 할머니의 형제자매들과 그 배우자들, 그리고 조카들 이름도 묻 곤 했다. 예전에 할머니는 그 많은 이름을 곧장 대답했 다. 친지들의 이름을 꿰고 있었고, 자신이 겪거나 전해 들은 이야기를 들려주었다. 그러던 할머니가 어느새 조 카들 이름을 잊어버렸고, 형제자매들과 자식들을 구분 하지 못했다. 나중에는 자신의 딸과 아들을 동생이라고 불렀고, 나를 조카로 여겼다. 나는 할머니의 어머니와 아버지 성함도 자주 물었는데, 할머니는 자신의 어머니와 아버지 이름마저 떠올리지 못했다.

할머니의 기억은 뒤죽박죽되어 가는 가운데 상당 부분이 증발했다. 그 기억이 어디로 갔나 싶어 당혹스러웠다. 며칠 전에 있었던 일은 까먹어도 아주 어릴 때의 기억은 방금 겪은 것처럼 흥분해서 이야기하던 할머니가 자신의 가족들마저 잊어버렸다.

할머니는 자신이 밥을 먹지 않았다고 응석을 부렸고, 자꾸 나를 조카라고 했다. 나는 할머니의 조카가 아니고, 할머니는 밥을 먹었다고 아무리 얘기해도 통하지 않았다. 할머니는 억지로 우기는 가운데 스스로도 당혹스러운지 눈빛이 파르르 떨렸다. 나는 할머니의 눈 위에 손을 올려놓고 "오야스미"를 되뇌면서 얼른 푹 자고 내일 일찍 일어나 밥 먹자고 했다. 두 눈을 감았어도 할머니의 표정은 편안하지 않았다. 뭔가가 심각하게 잘못되었다는 걸 할머니도 본능적으로 느꼈을 것이다. 아니면 그저 밥을 안 먹이고 재우려고 하는 나에 대한 원초

적 분노였을지도 모르겠다.

인지능력이 급격히 떨어진다는 건 본인에게나 주변 사람에게나 끔찍한 일이었다. 할머니는 그 무시무시한 곤경 속으로 미끄러져 들어갔다. 살맛이 날 리가 없었다. 할머니는 삶에 대한 애착을 털썩 내려놓았다.

할머니는 조카들 이름을 잊어버렸고,
나중에는 자신의 딸과 아들을 동생이라고 불렀고,
나를 조카로 여겼다.
할머니의 기억은 뒤죽박죽되어 갔고, 상당 부분이 증발했다.

무슨 죄가
이리도 많아서

할머니 입에서 죽음 타령이 떠나지 않았다. 이렇게 살 바엔 차라리 죽는 게 더 낫겠다는 판단을 속으로 한 것 같았다. 얼른 죽고 싶은데 죽지도 못한 채 고통받고 있는 이유가 죄 때문이라고 투덜거렸다.

"내가 무슨 죄가 많아서 이렇게 오래 사는지 모르겠다."

"죄가 많기는 뭐가 많아요."

"우리 할머니는 죽 한 그릇 딱 잡수시고 돌아가셨는데, 나는 왜 안 죽고 이러는지 몰라."

할머니는 자신의 신세를 한탄했다. 100년을 살아오

는 동안 험난한 풍파에 치였고, 여러 노환에 시달리며 고통받았으니 고민될 수밖에 없었다. 혼자서 고민을 거듭한 결과, 자신이 죄를 많이 지어서 이렇게 오래 사는 거라는 답을 도출했다.

할머니뿐만 아니라 많은 노인이 말년을 고통스럽게 보낼 테고, 어찌 보면 왜 노년이 이토록 고통스러운지는 고통스러운 수수께끼였다. 인간이란 어영부영 젊은 시절을 보내다가 나중에야 삶의 고통스러운 수수께끼에 부딪힌 뒤 그것을 고통스럽게 풀어야만 하는 존재들 같았다.

물론 젊다고 고통이 없는 건 아니지만, 그래도 젊을 때는 크게 아픈 데가 없다. 그런데 나이가 들수록 몸과 마음이 급속도로 쇠잔하면서 노화의 고통이 삶을 뒤흔든다. 할머니 역시 넘어지면서 골반을 다쳤고, 다리 힘이 약해지면서 걷지 못하게 되었다. 고통스러운 노후였다.

사람들은 다들 장수를 복이라고 생각하는데, 고통스럽게 오래 사는 건 결코 복일 수 없었다. 나이 든 자신에게 아무도 관심을 보내지 않고, 앞으로 나아지리란 희망도 없이 여생을 견디는 건 섬뜩한 형벌일지도 몰랐다. 할머니는 노화의 형벌에서 벗어나고 싶어 했다. 할머니가 바라는 건 얼른 편안해지는 일이었다. 죽으면 모든 게 편안해질 거라고 할머니는 걸핏하면 중얼거렸다.

그토록 바라던 안식은 좀처럼 주어지지 않았기에 할머니는 자신이 죄가 많아 이렇게 오래 산다는 푸념을 자주 했다. 그래서 한번은 자극을 주고자 할머니를 도발했다.

"아이구, 내가 무슨 죄를 지었길래 이렇게 오래 사냐."

"할머니 죄가 많잖아요. 무슨 죄를 지었는지 털어놓아 봐요."

"……."

나의 물음에 할머니는 당황했다. 정말로 자신이 죄를 많이 지어서 고통받는다고 생각하지는 않았을 것이다. 그저 너무나 괴로우니까 무의식에까지 스며든 죄라는 단어가 자기도 모르게 입에서 튀어나왔을 터였다. 그런데 내가 할머니에게 죄가 많으니 그 죄를 털어놓으라고 맞장구를 치자 불현듯 눈동자에 반짝하고 불이 들어왔다. 그냥 되는대로 말을 뱉어 내다가 정신이 번쩍 든 것이었다.

하지만 초롱초롱해졌던 눈빛은 이내 흐릿해졌다. 할머니는 자신을 돌아보면서 고백하고 싶었던 허물을 내보이는 대신 "내가 왜 이렇게 오래 살아, 죽 한 그릇 딱 잡수시고 할머니는 돌아가셨는데 나는 왜 안 그래"라며 혼잣말을 했다.

죄 타령을 하는 할머니를 보면서 나 역시 대역죄인이라는 생각이 들었다. 나는 할머니 옆에서 함께 고통받는 중벌을 하염없이 받는 것 같았다.

> 사람들은 다들 장수를 복이라고 생각하는데,
> 고통스럽게 오래 사는 건 결코 복일 수 없었다.
> 희망도 없이 여생을 견디는 건 섬뜩한 형벌일지도 몰랐다.
> 할머니는 노화의 형벌에서 벗어나고 싶어 했다.

내가 온 곳으로
가고 싶어

　정신이 흐려지는 가운데 죽음을 바라는 건 어쩌면 할머니가 짜낸 마지막 지혜일지도 몰랐다. 그렇지만 할머니가 안식을 맞으려면 어떻게 해야 할지 알지 못했다. 그저 죽음이 찾아올 때까지 할머니의 곁을 지키는 수밖에 없었다. 할머니가 자신을 잃어버리지 않도록 나는 연세가 어떻게 되냐고, 고향이 어디냐고 묻고 또 물었다.

　"연세가 어떻게 되세요?"

　"200살."

"고향은 어디예요?"

"……."

"고향이 기억 안 나요?"

"내 고향은 왜 계속 묻냐?"

"아니, 말 돌리지 말고, 고향이 어디냐니까요?"

"……."

아뿔싸, 할머니는 고향마저 망각하고 말았다. 자신이 태어나고 자란 고향의 지역명을 떠올리지 못한 채 할머니는 생뚱맞은 얘기를 꺼냈다.

"어서 고향에나 갔으면 좋겠다."

"고향이 어딘데요?"

"어디긴 어디야, 내가 온 곳이지."

할머니는 고향에 가고 싶다면서 웃었다. 고향을 고양군 송포면 구산리가 아닌 자신이 온 곳이라고 말했다. 고향의 지역명이 떠오르지 않는 상황에서 나름의 재치를 발휘한 것일 텐데, 나에게는 할머니의 내면에서 샘

솟은 슬기로 느껴졌다.

할머니의 고향에 대한 정의를 들으면서 왜 사람이 죽으면 돌아가셨다고 하는지 단번에 깨달았다. 우리는 모두 고향에서 이곳으로 왔다가 다시 고향으로 돌아가야 할 운명이었다. 할머니의 진정한 고향은 자신이 온 곳이었고, 자신의 고향으로 돌아갈 채비를 하고자 이 지상에서의 기억을 하나둘 내려놓으면서 잊어 갔던 것이다.

자신이 온 곳으로 돌아가고 싶다는 할머니의 말에 말문이 막혔다. 물끄러미 할머니의 눈을 들여다봤다. 한쪽 눈은 예전에 풍을 맞아 처져 있었고, 다른 쪽 눈꺼풀도 노화로 말미암아 내려가 있었다. 실눈이었는데, 그 작은 틈새로 빛이 번뜩이고 있었다.

고향에 가고 싶다며 웃는 할머니 덕분에 덩달아 웃었다. 아직 고향에 돌아가실 때가 아니라고 말하고 싶었지만 그건 나의 욕심이었다. 할머니가 진정한 고향으로 돌아갈 시간이 다가오고 있었다. 저 멀리 어디에서 고향의 노래가 어렴풋이 들리고 있었는데, 그 귀환의 노래를 가장 먼저 들은 사람은 할머니 자신이었다.

할머니의 살날이 얼마 남지 않았다는 직감이 들었다. 물론 언제 떠나셔도 이상할 게 없는 나이였다. 영정 사진은 진작에 준비되어 있었다. 거실에 놓여 있는 영정 사진 속에서 할머니는 옥색 한복을 곱게 차려입고는 환하게 웃고 있었다.

할머니는 고향에 가고 싶다면서 웃었다.
할머니에게 진정한 고향은 자신이 온 곳이었고,
자신의 고향으로 돌아갈 채비를 하고자
이곳에서의 기억을 하나둘 내려놓았던 것이다.

할머니가
미워했던 사람들

고향의 노래를 듣고 고향으로 돌아가기 전에 할머니의 마음이 편안해지길 바랐다. 할머니와 이야기를 나누다 보면 할머니 안에 박힌 고통의 조각들이 생생하게 전해졌다. 미움, 억울함, 상처가 할머니 마음에 켜켜이 쌓여 있었다. 살아생전에 고통의 조각들을 다 빼내고 홀가분해질 수 있도록 힘을 보태고 싶었다.

이전부터 할머니는 느닷없이 지나간 일화를 장황하게 늘어놓곤 했다. 한 얘기를 또 하고 또 하시니까 할머니가 어떤 얘기를 시작하려고 하면 단번에 무슨 내용인지 알아차릴 수 있었다. 할머니는 기운이 쇠하는 만큼 과거 이야기를 덜 늘어놓았다. 할머니 안에서 치밀어 오르던 분노와 후회마저 스러져 갔다. 다행이라면 다행이었다. 고통스러운 기억도 옅어졌다. 그러나 할머니 마음속 원한의 조각들을 송두리째 발라낸 건 아니었다. 할머니의 한풀이를 하고자 내가 먼저 지나간 이야기를 꺼냈다.

예전에는 할머니가 무턱대고 들려주는 얘기들이 거북하고 듣기 귀찮았는데, 그나마 할머니의 하소연을 들은 덕분에 나는 할머니의 인생을 누구보다 속속들이 알게 되었다. 할머니의 삶은 갖가지 역경을 헤치고 견뎌 온 파란만장한 여정이었다. 나는 할머니의 삶이 대단하고 지금으로도 충분하다고 여겼다. 그렇지만 할머니의 마음이 더 편안해지길 염원하며 할머니가 격정적으로 회상하던 과거들을 거론했다.

특히 할머니가 미워했던 사람들을 언급하며 그들도 사정이 있었을 테고, 지금까지 미워해 봤자 무슨 소용이 있냐고, 용서하시라고 권유했다. 할머니에게 원치 않는 결혼 상대를 주선한 큰고모, 행동 하나하나가 마음에 들지 않았던 올케, 재봉틀 공장에서 할머니 뺨을 때린 일본인, 쌀가게를 할 때 쌀이 실린 트럭을 훔쳐 달아난 최 상사, 할머니에게서 돈을 꿔 갔으나 갚지 않았던 여동생 등을 언급했다. 할머니는 용서하기를 완강하게 거부했다. 그 가운데 올케에 대한 미움은 오랜 세월이 지나도 검질기게 남아 있었다.

"할머니, 올케가 아직도 싫어요?"

"그럼 싫지, 좋냐?"

"할머니는 200살인데 미움을 내려놓아 봐요. 나름 예쁜 구석도 있었을 거 아니에요."

"배운 것도 없고 무식한 게, 예쁜 구석이라고는 하나도 없었어."

"할머니도 학교를 3년밖에 못 다녀서 억울한데, 올케는 학교 근처에도 못 가 보고 얼마나 서러웠겠어요."

"⋯⋯."

"게다가 자기 자식이 죽어서 가뜩이나 힘들었을 텐데, 시집살이하는 데다가 할머니마저 구박했으니 얼마나 힘들었겠어요."

"지가 잘못했으니까 그랬지, 지가 잘했으면 내가 그 랬겠어?"

"그럼 상대가 잘못했다고 해서 같이 잘못된 행동을 해도 되는 거예요?"

올케에게 한 행동이 과연 잘한 건지 묻자 할머니의 눈빛에 당혹감이 서렸다. 평생 당연하게 여기며 자동으로 발사되던 할머니의 마음속 케케묵은 미움이 비록 잠간이었지만 멈칫했다.

기운이 쇠할수록 할머니 안에서 치밀어 오르던 분노와 후회마저 스러져 갔다. 다행이라면 다행이었다. 마음속 원한과 고통스러운 기억도 옅어졌다.

용서한다고!
됐지?

할머니가 죽음 타령을 할 때마다 나는 용서 타령을 읊어 댔다. 아침부터 밤까지 용서라는 화두를 꺼냈다. 처음에는 귓전으로도 안 듣던 할머니도 용서라는 주제가 귓가를 줄기차게 맴돌자 질린 듯한 표정이 되었다. 도저히 나를 용서하지 못하겠다는 표정으로 할머니는 나를 나무랐다.

"너는 왜 본 적도 없는 사람 얘기를 계속 꺼내냐."

"내가 보지도 못한 사람 얘기를 할머니가 자주 했으니까 나도 꺼내 보는 거죠."

"죽은 지도 벌써 언제야, 한참 지났어."

"이미 한참 전에 죽은 사람이니까 지금까지 미워할 필요가 없잖아요?"

"……."

"용서할 거예요, 안 할 거예요?"

"안 해."

"용서할 거예요, 안 할 거예요?"

"안 한다고."

"할머니가 주기도문 외울 때 예수님에게 용서해 달라고 해요, 안 해요?"

"하지."

"그럼 예수님이 할머니를 용서해 주듯 올케를 용서해야 돼요, 안 해야 돼요?"

"안 해."

"예수님이 원수를 사랑하라고 했어요, 안 했어요?"

"……."

할머니는 말이 없었고, 눈빛 속에 작은 출렁임이 생겨났다. 이처럼 할머니의 마음이 흔들릴 때, 나는 무당

이라도 된 것처럼 굴었다. 비광 화투장을 내보이면서
다 씻겨 내려가라고, 할머니 마음속 원망이 다 씻겨 내
려갔다고, 이제 미움도 서러움도 구슬픔도 없이 자유가
되었다고 할머니에게 주문을 걸었다.

할머니는 웬 소란이냐고 손사래를 쳤다. 그런데 목소
리가 미세하게 떨렸다. 나는 이번엔 동자승이 된 것처
럼 떼를 썼다.

"할머니, 용서 좀 해 주라. 용서한다고 어디 덧나는 것
도 아니잖아?"

"얘가 왜 이래."

"용서, 용서, 용서. 한마디만 해 봐요. 용서, 용서, 용
서!"

한참의 실랑이 끝에 할머니는 귀찮다는 듯 외쳤다.

"왜 이렇게 난리야. 알았어. 용서해. 용서한다고, 됐
지?"

"됐어요. 잘했어요. 할머니 최고!"

나는 엄지손가락을 할머니에게 치켜들면서 활짝 웃었다. 그 누구도 아닌 할머니 자신을 위해 용서하라고 할머니에게 조곤조곤 속닥였다. 억지로라도 용서라는 단어를 입 밖으로 내뱉은 할머니의 표정도 한결 편안해 보였다. 진정한 용서는 아니었겠지만, 할머니가 조금 더 자유로워지는 걸음을 내디딘 것처럼 느껴졌다.

용서를 입 밖으로 내뱉은 할머니의 표정은
이전보다 한결 편안해 보였다.
할머니의 마음이 조금은 더 자유로워진 것 같았다.

자책하는
밤

할머니에게 용서를 유도하고 강요한 건 어쩌면 나를
용서해 달라고 부탁하고 싶었기 때문인지도 몰랐다. 손
자인 나를 키워 주고 챙겨 준 할머니인데 너무나 오랫
동안 무심했던 나를 용서해 달라고 속으로 빌었다. 할
머니의 헌신과 희생을 뒤늦게 갚으려고 했으나 턱없이
부족한 나를 할머니가 용서해 주길 간절히 바랐다.

할머니를 볼 때면 할머니의 배나 등을 때렸던 내 모
습이 자꾸 떠올랐다. 나의 죄송함을 아는지 모르는지,
허리도 휘고 목도 굽으면서 자그마해진 할머니가 어렵
사리 누워서는 잠을 청했다. 자신의 모든 걸 내어 주고는 어둠 속으로 스며 들어가고 있었다. 그 모습이 안쓰럽고 안타까웠다. 나는 어금니를 꽉 깨물고는 할머니의 잠자리를 살폈다.

이불 밖으로 빠져나온 할머니의 앙상한 다리를 보면 눈물이 핑 돌았다. 물가에 서식하는 흰 새들의 다리같이 너무 가늘었다. 할머니가 새처럼 홀쩍 날아가 버릴 것만 같았다. 괜히 할머니의 종아리를 주무르다 보면 할머니를 이렇게 보듬을 수 있는 날이 얼마 안 남았다는 예감에 사로잡혔다.

이런 예감은 진작부터 있었으나 이번에는 한층 더 강렬하게 나를 덮쳐 왔다. 나는 할머니를 보내 줄 마음의 준비를 하면서 더욱 잘해 드려야겠다고 단단히 각오했지만, 막상 낮 동안에 할머니와 부대낄 때면 관성으로 할머니를 대했다. 해가 저물고 밤이 내리고 나서야 마음속 깊은 곳에 있는 현들이 밤바람에 흔들리며 자책의 노래를 연주했다. 후회의 노래는 밤마다 이어졌다. 더 강하지 못하고, 더 지혜롭지 못한 내가 한심하게 느껴지는 밤들이 이어졌다.

할머니에 대한 애잔한 마음이 솟아올라 나 자신을 혹독하게 다그치는 밤이면 나는 운명을 곱씹곤 했다. 할머니를 꼭 내가 보살펴야 할 이유는 없었지만 나는 할머니를 돌보는 일을 운명으로 받아들였다. 운명이라고 여겼기에 피할 생각도 없었고, 피할 수도 없다는 걸 알았다.

할머니와 함께하는 시간이 나의 삶에서 중요한 과정이라는 영감은 할머니를 챙기는 데 힘이 되었다. 운명이라고 여겼기에 밖으로 뛰쳐나가고 싶은 마음을 억누르고, 끓어오르는 감정을 가라앉힐 수 있었다. 내가 미처 헤아릴 수 없는 운명이 나를 관통하고 있으며, 현재 상황에서 할 수 있는 최선을 다해야 한다고 마음을 다잡았다.

그럼에도 인생이 사그라지는 것 같은 스산함을 떨쳐내기 어려웠다. 할머니 수발을 들다가 폭삭 늙어 버리는 게 과연 네가 바라는 거냐며, 내 안의 욕심과 분노가 고개를 뻣뻣이 들곤 했다. 할머니를 섬기는 시간은 다시없을 소중한 배움의 시간이었다. 할머니를 모시고 사는 것도 괜찮은 인생이라고 여겼다. 하지만 내 안의 이기심은 그런 삶은 괜찮은 게 아니라고 업신여기며 나를 뒤흔들었다. 알 수 없는 답답함이 치밀어 올랐다.

이런 나의 답답함과 이기심이 지긋지긋한 건지, 할머니와 보내는 나날이 지긋지긋한 건지, 그냥 삶 자체가 지긋지긋한 건지 도대체 알 수가 없었던 일상이 기둥뿌리째 무너지는 날이 엄습했다.

할머니에 대한 애잔한 마음이 솟아올라
나 자신을 혹독하게 다그치는 밤이면 나는 운명을 곱씹곤 했다.
나는 할머니를 돌보는 일을 운명으로 받아들였다.
운명이라고 여겼기에 피할 수도 없다는 걸 알았다.

할머니의
오른발

　할머니는 어느 날부터인가 발이 아프다고 했다. 그런데 나는 대수롭지 않게 여겼다. 할머니는 엉덩이가 아팠고, 다리가 아팠고, 허리가 아팠고, 머리가 아팠고, 팔이 아팠고, 속이 아팠다. 안 아픈 데가 없었다. 여기가 좀 괜찮아지면 다른 데가 아파졌다. 아프지 않으면 가려워서 괴로웠다. 하루는 통증에 시달리다가 이튿날은 진정되었다가 다음 날이면 다시 아파지는 쳇바퀴 같은 나날이었다. 그래서 발이 아픈 것도 그냥 다른 부위들처럼 좀 아프다가 괜찮아지려니 생각했다.

　그런데 할머니의 비명은 잦아들지 않았다. 약의 도움

을 받아야만 잠이 들 수 있는 지경이었다. 할머니의 비명을 잠재우려면 진통제가 필요했는데, 진통제도 점점 효과가 떨어졌다. 오른발과 왼발 가운데 어디가 아픈지 묻자 할머니는 오른발이 아프다고 했다. 나는 할머니의 오른쪽 종아리를 주무르면서 괜찮아질 거라고 잠결에 중얼거렸다. 할머니의 몸부림에 잠을 설치는 밤이 이어졌다.

그래도 낮에는 괜찮았다. 할머니는 퍼즐을 맞추려고 애썼고, 루빅스 큐브를 돌렸다. 예전보다 쇠약해졌고 딸을 동생이라고 여기는 등 인지능력의 혼란이 있었으나 아직 참을 만했다. 문제는 밤이었다. 여느 날과 다를 바가 없이 하루를 보냈더라도 밤이면 통증에 시달리는 환자로 돌변했다. 그때마다 나는 할머니를 다독였다.

그러다가 하루는 정신이 번쩍 들었다. 여태껏 진통제만 줬을 뿐, 할머니의 양말을 벗기고 들여다보지 않았다는 생각이 퍼뜩 들었다. 나는 허둥지둥 할머니의 오른쪽 양말을 벗겼다. 엄지발가락 쪽에 피딱지가 앉아 있었고, 둘째 발가락과 셋째 발가락 사이에 하얀 고름이 있었다.

그 모습을 보자마자 졸고 있는 할머니를 깨운답시고 휠체어의 발 받침대를 몇 번 찼던 게 떠올랐다. 할머니가 발이 아프다고 하니까 발에 자극이 가면 잠들지 않을 거라는 단순 무식한 발상이었는데, 그 때문에 상처가 생기고 고름이 나온 것 같았다.

나는 할머니의 오른발을 간단하게 조치한 뒤 어머니의 귀가를 기다렸다. 어머니가 할머니의 발을 보고 왜 이렇게 됐냐고 물었을 때 어떤 말도 할 수 없었다. 내가 할머니 발을 이렇게 만든 원흉이라고 이실직고하지 못했다. 두려움이 나의 입을 막아 버렸다.

최근에 할머니를 목욕시키고 난 뒤 발을 제대로 말리지 않았다는 생각도 스치고 지나갔다. 대충 목욕시키고는 발의 물기를 꼼꼼하게 말리지 않았었다. 나는 무좀균으로 흉측해진 할머니의 발을 등한시했다. 할머니가 양말을 신고 싶어 한다는 걸 명분 삼아 할머니의 발에 주의를 기울이지 않았다. 양말에 싸여 보이지 않으니까 무신경하게 지냈다.

내가 작동시킨 비극의 수레바퀴는 멈추지 않았다. 약을 바르고 고름을 닦아 내고 항생제를 먹으면 나아질 줄 알았으나, 밤마다 터져 나오는 할머니의 비명은 잦아들기는커녕 점점 커졌다. 할머니는 비명을 지르면서도 양말을 신겠다고 고집했다. 나는 양말이 통풍을 막으니까 발이 다 나을 때까지 양말을 신으면 안 된다고 맞섰다. 할머니의 오른발 상태를 내보이면서 어머니에게 죄책감을 불러일으키려는 의도도 있었다.

할머니의 오른발은 불그스름했다. 왼발의 피부색과 사뭇 달랐다. 나는 어서 자연 치유가 되기를 바랐으나, 할머니의 오른발은 점점 더 붉어졌다.

할머니는 엉덩이가 아팠고, 다리가 아팠고,
허리가 아팠고, 머리가 아팠고,
팔이 아팠고, 속이 아팠다.
아프지 않으면 가려워서 괴로웠다.

급히
응급실행

　며칠을 두고 봐도 할머니의 발은 좀처럼 나아지는 것 같지 않았다. 수요일이었다. 교회에 다녀온 어머니는 더는 안 되겠다고 판단하고 119에 연락했다. 전문 요원들이 도착해 할머니를 옮겼다. 응급실 의료진이 부족해서 환자를 받아 주지 못한다는 소식이 자주 보도될 때였는데, 다행히 근처의 병원에 자리가 있어서 그리로 호송되었다. 구급차에는 보호자 한 명만 탈 수 있어서 어머니가 타고 갔다. 나는 따로 병원으로 찾아갔다.

　응급실에는 환자의 상태를 표시하는 전자게시판이 설치되어 있었다. 생명이 위협받는 상태인 1등급은 흑

적색이었다. 빨간색으로 표시되는 2등급은 급박한 위험이 있는 환자들이었다. 노란색은 3등급으로 치료가 늦어지면 긴급 상태가 될 수 있는 환자들이었다. 초록색은 경미한 상태로 4등급이었고, 흰색인 5등급은 약간의 진료를 받고 퇴원할 수 있는 상태였다. 할머니는 노란색이었다. 치료가 지연되면 위험한 상태로 치달을 수 있다는 표시였다.

할머니는 당뇨발(당뇨병성 족부궤양)이었다. 당뇨발은 당뇨병으로 인해 혈액순환이 저하되고 신경이 손상되면서 발에 발생하는 합병증이다. 감각 저하, 부종, 피부색 변화, 굳은살 등의 증상을 띠며 감염, 궤양, 괴사로 이어진다. 평소에 발 관리에 소홀하기 쉬워서 당뇨병 환자의 15~30퍼센트가 당뇨발 궤양을 경험한다는 통계가 있다. 나는 당뇨발을 검색하면서 흉측하게 변한 사진들에 소스라쳤다.

응급실 의료진은 더 늦었으면 발목을 절단해야 했을 거라고 엄포를 놓았다. 응급실에서는 조치가 완료되었으니 퇴원을 하든지 입원해서 조금 더 경과를 지켜보든지 하라고 선택권을 주었다. 나는 치료가 끝났다는 생각으로 귀가를 염두에 두었는데, 어머니는 병원에서 진료받는 게 더 나을 거라며 할머니를 입원시켰다.

　다시 병실에서 간호하는 생활이 시작되었다. 할머니가 입원한 것도 이미 여러 번이었다. 할머니는 이 병원 저 병원을 전전하며 수술을 받았었다. 그때마다 어머니와 나는 병실을 지키며 할머니를 간호했다.

　할머니가 입원하자 나는 집으로 돌아와 이불과 휴지, 기저귀 등을 가방에 담았다. 키위 간 것과 할머니의 죽도 담았다. 뽁뽁이 장난감과 루빅스 큐브는 꼭 가져가려고 진작에 챙겨 두었다. 그 밖에 병실에서 쓸 만한 것들을 가방에 넣고는 병원으로 향했다. 할머니가 응급실에 실려 간 뒤 하루가 정신없이 지나갔다.

　나는 병실에 필요한 물품들을 놓아두고 밤늦게 귀가했다. 집은 썰렁했다. 아무도 없는 집에 홀로 들어가는 일은 사무치게 쓸쓸했다. 할머니의 존재감이 얼마나 컸는지 새삼스레 깨달았다. 언제나 집에는 할머니가 있었는데 그 자리가 텅 비어 있었다. 이미 밤이 깊었고, 아침 일찍 일어나 병원에 가야 했기에 일단 누웠다. 잠이 오지 않았다. 밤새 번민과 고독과 추위로 뒤척였다. 마음이 을씨년스레 휑했다.

어머니는 할머니 병간호로 고생해야 했다. 할머니의 신음과 낯선 병실의 냄새 속에서 간병인을 위한 좁은 간이침대에 누워 밤을 지새웠다. 싸늘한 새벽의 어둠을 가르며 병원에 도착하면 어머니는 웅크린 채 쪽잠을 주무시고 계셨다. 내가 도착하면 어머니는 예정되어 있던 일정을 위해 외출했다. 나는 어머니에게 푹 쉬다가 오라고 당부했다.

응급실에는 환자의 상태를 알리는 전자게시판이 있었다.
생명이 위협받는 상태인 1등급은 흑적색이었다.
할머니는 3등급 노란색이었다.
지연되면 위험해진다는 표시였다.

나른하고
분주한 병원 생활

    할머니는 병원을 마뜩잖게 여겼다. 인상을 찌푸린 채 집으로 돌아가고 싶어 했다. 나는 할머니 발을 보면서 집으로 돌아가자고 선뜻 얘기할 수 없었다. 이왕 입원했으니 잘 치료받고 돌아가자고 토닥였다.

    할머니는 병원에서 제공하는 밥을 드시지 못했다. 병원의 영양사가 신경 써서 음식을 갈아 내놓았지만 삼키는 데 어려움이 있었다. 워낙 몸 상태가 안 좋으니 식욕도 없으셨다. 집에서 잡수던 죽을 조금 떠서 드리거나 키위 간 것을 입에 넣어 드리면 삼키실 뿐이었다.

    병원에서 나오는 밥은 내가 해결했다. 원래는 아침에

병실에 가서 어머니와 교대하려 했는데, 어머니가 병원 밥을 못 먹겠다며 드시지 않았다. 입맛에 맞지 않는 걸 억지로 드시라고 할 수는 없는 노릇이었다. 간호하느라 지쳤으니 자신이 먹고 싶은 걸 드시게 하는 게 맞았다. 나는 꼭두새벽부터 병원에 가서 평소에는 먹지도 않던 아침밥을 깨끗이 비웠다.

입원한 뒤 할머니는 잠을 못 주무셨다. 간호사들이 진통제를 줘도 좀처럼 고통이 누그러들지 않았다. 같은 병실의 환자들과 보호자들도 힘겨운 밤을 보내야 했다. 다른 환자들은 할머니의 상태를 걱정하면서도 편안히 잠들지 못해 괴로워했다. 진통제의 강도는 높아졌고, 나중에는 마약성 진통제까지 투여됐다.

그래도 낮에는 할머니가 조금이나마 활동하기는 했다. 루빅스 큐브를 돌렸고 뽁뽁이 장난감을 눌렀다. 나는 어떻게든 책을 할머니 곁에 두려 했는데, 할머니는 전혀 읽지 못했다. 글자가 보이지 않는다고 했다. 문자를 읽을 힘이 통째로 사라진 것 같았다. 할머니가 좋아하던 옛날이야기 책을 일부러 빌려 왔는데, 도로 반납

할 수밖에 없었다.

할머니는 진통제에 취해 낮에도 졸았다. 낮에 졸면 밤에 못 주무실 것 같아 깨우려고 애썼지만, 할머니는 너무 지쳐 있었다. 낮에라도 주무시지 않으면 버티기 힘들었다.

병원에서는 여러 장비를 이용해 할머니의 상태를 측정했다. 200살을 향해 가는 노인이 이런저런 검사를 받는 건 누가 봐도 애처롭기 그지없었다. 침대에 실린 할머니는 자신이 어디로 가는지도 모른 채 여러 검사실로 옮겨졌다.

한번은 혈관 내에 가느다란 도관을 넣는 혈관조영술을 받았다. 할머니 팔 안에 도관을 삽입하는 동안 수술실 밖에서 기다렸다. 수술이 끝나고 할머니는 침대에 실려 나왔다. 수술받으러 가기 전에도 이미 의식이 거의 없었는데, 혈관조영술을 받고 나온 할머니의 눈가가 촉촉하게 젖어 있었다. 말하지 않아도 얼마나 아팠을지 짐작이 갔다.

혈압과 당뇨는 일정한 간격을 두고 검사했다. 할머

의 피를 조금 얻어서 당뇨 수치를 측정하기 위해 엄지손가락을 바늘로 찔렀다. 하루에도 여러 번 바늘로 찔렀기에 할머니의 엄지손가락에 피멍이 들었다. 할머니의 상태를 계속 점검하고 갑작스레 나빠지는 걸 막으려는 조치였지만, 할머니의 퉁퉁 부은 엄지손가락은 병원 생활이 얼마나 괴로운지 보여 주는 증거 같았다.

할머니는 약 기운에 취한 뒤로는 자신의 엄지손가락을 바늘로 따는지도 모른 채 내내 눈을 감고 있었다. 할머니의 엄지손가락이 찔리는 걸 볼 때마다 내 마음이 푹 찔렸다.

> 200살을 향해 가는 노인이 이런저런 검사를 받는 건 누가 봐도 애처롭기 그지없었다.
> 할머니의 퉁퉁 부은 엄지손가락은 병원 생활이 얼마나 괴로운지 보여 주는 증거 같았다.

이러지도
저러지도

당뇨발 때문에 할머니의 발은 불그죽죽하게 변했다. 괴사가 급격하게 진행되고 있었다. 감염내과의는 소독하고 항생제를 먹는 조치만으로는 막을 수 없다며 절단 수술을 제안했다. 괴사가 진행되는 발가락 몇 개만 수술할 줄 알았는데, 그게 더 위험하다면서 발목까지 잘라야 안전하다고 일렀다.

200살을 향해 가는 노인을 상대로 발목을 자르겠다는 발상이 어처구니가 없었는데, 감염내과의는 의학적 소견이라고 강조했다. 이대로 놔두면 할머니가 돌아가실 수밖에 없다고 우려했다. 우선 알겠다고 대답했다.

고민 끝에 수술하는 쪽으로 마음이 기울었다. 발이 없는 할머니의 모습을 상상해 봤다. 평소에 발을 사용하지 않고 내내 양말을 신고 있으니 어느 정도 감춰질 거라는 생각이 들었다. 어쩌면 할머니 자신도 양말을 신고 있는 데다 감각이 떨어져서 발이 없는 걸 모를 수도 있지 않을까 하는 희망도 품어 보았다.

그런데 그렇지 않을 수도 있었다. 할머니가 수술을 받고 마취에서 깨어난 뒤 나에게 이렇게 물으면 어쩌나 싶었다.

"인아, 내 발이 왜 없냐? 왜 이렇게 발이 아프냐?"

뭐라고 답해야 할지 아찔했다. 수술해서 할머니의 발목을 잘라 냈다고 담백하게 말하기가 어려웠다. 할머니가 절망할 것 같았다. 100년을 넘게 살아온 분이라 해도, 자신의 허락도 구하지 않고 발목을 자른 사실을 뒤늦게 알았을 때 까무러치지 않을 사람이 얼마나 있을까?

수술을 받다가 돌아가실 가능성도 적지 않았다. 발목

을 자른다면 전신마취를 해야 할 텐데, 수술이 끝나도 깨어나지 못할 수 있었다. 절단에 성공하더라도 발목을 잘라 낸 상처가 잘 아문다는 보장이 없었다. 할머니는 200세를 향해 가는 중이었다. 발목 절단이라는 대수술을 견뎌 낼 수 있을 것 같지 않았다.

할머니가 얼마나 더 사실지도 모르는 상황에서 발목을 자른다는 건 얼토당토않은 이야기였다. 그렇다고 수술하지 않으면 할머니의 증세는 악화될 수밖에 없었다. 이러지도 저러지도 못하는 곤경에 빠졌다.

후회가 성난 파도처럼 밀려왔다. 할머니가 발이 아프다고 할 때 간과하다가 할머니를 깨운답시고 발을 차서 감염을 일으켰다. 내가 할머니를 이 지경으로 만들었다는 죄책감에 가슴이 아려 왔다. 내가 직접 도끼를 들고 할머니의 발목을 잘라 내는 듯한 심정이었다. 할머니의 발목을 잘라 낼 바에는 차라리 내 목을 쳐서 생을 끝내는 게 낫지 않을까 싶을 만큼 우울해졌다.

어머니도 우울해졌다. 환자의 가족이라면 누구나 자책하지 않을 수 없었다. 나와 어머니는 얼굴에 그늘이

드리워진 채 할머니 곁을 지키며 수술 날짜가 잡히기를
기다렸다.

평소에 발을 사용하지 않고 내내 양말을 신고 있으니
어쩌면 할머니도 자신의 발이 없는 걸 모를 수도 있지 않을까?
그런데 깨어나서 이렇게 물으면 어쩌나 싶었다.
"인아, 내 발이 왜 없냐?"

또 다른
기다림의 시작

　나는 발목을 자르지 않고 치료받는 방법을 찾았다. 퇴원해서 근처에 용하다는 한의원에서 비침습 시술로 증세를 완화하는 건 어떨까 싶기도 했다. 물론 그렇게 하기엔 할머니의 당뇨발 상태가 좋지 않았다. 퇴원한다는 건 할머니를 포기한다는 뜻인지도 몰랐다.

　마음이 헝클어지면서 갈피를 잡지 못할 때 할머니 수술을 집도하는 외과의가 찾아왔다. 외과의는 이 병원에 부임한 지 얼마 되지 않았다. 병원 엘리베이터에는 새로 초빙한 의사들의 사진과 함께 간략한 소개가 적혀 있었는데, 할머니의 외과의도 엘리베이터 사진 속에 있었다. 나는 엘리베이터를 탈 때마다 그 사진을 우두커니 바라봤다.

외과의는 할머니를 진찰하기에 앞서 당뇨발이 당뇨 환자들에게 흔하게 일어나고, 보호자의 잘못이 결코 아니라고 어머니를 위로했다. 자책하며 마음이 무너져 내린 어머니에게 따뜻한 위안을 선사했다. 어머니는 자신의 마음을 추스르게 도와준 외과의를 두고두고 잊지 못했다.

그는 할머니를 면밀하게 살핀 뒤에 수술하지 않겠다고 소신을 펼쳤다. 할머니가 너무나 고령이라 수술을 권하지 않으며, 80세만 넘어가도 절단은 하지 않는 게 좋다고 설명했다. 자신의 할머니라면 절대로 수술을 하지 않을 거라고 거듭 강조했다.

더구나 수술을 감행하더라도 패혈증으로 돌아가실 가능성이 있다고 언급했다. 패혈증이란 세균이나 바이러스 같은 미생물 감염에 따라 신체에서 과도하게 일어나는 염증 반응을 뜻한다. 패혈증이 발생하면 감염이 혈관을 타고 빠르게 퍼지면서 주요 장기에 손상을 입혀 목숨을 앗아 갈 수 있었다. 할머니처럼 오랫동안 당뇨병을 앓아 면역력이 저하된 사람에게는 더욱 위험하다면서 외과의는 수술을 말렸다.

나도 외과의의 의견에 동의했다. 하지만 감염내과의 선생님이 워낙 단호하게 수술을 밀어붙이셔서 수술을 결정했다고 얘기하니, 외과의는 자신이 감염내과의와 상의하겠다면서 검진을 끝냈다. 돌아가는 외과의의 뒷모습을 보면서 나는 마음의 준비를 했다.

결국 소독 치료만 받는 것으로 변경됐다. 절단 수술을 받지 않겠다는 건 머지않아 다가올 죽음을 받아들이겠다는 의미이기도 했다. 억지로 할머니의 연명을 위한 치료를 하지 않겠다는 동의서에도 서명했다. 연명 치료 중단이란 할머니가 호흡곤란에 처하거나 심장박동이 약해졌을 때 강제로 인공호흡기를 부착하거나 심폐소생술을 하지 않겠다는 서약이었다. 마지막에 목숨을 억지로 이어 가려다가 도리어 사람의 존엄성이 훼손되는 걸 막기 위함이었다.

삶을 마무리하기 위한 기다림이 시작되었다. 하루에

한 번씩 검진하는 감염내과의는 할머니가 얼마 못 사실 거라며 한숨을 내쉬었다. 그의 경고처럼 할머니는 세상을 떠나려고 준비하는 상태였다. 내내 눈을 뜨지 않은 채 누워만 있었다. 언제 할머니가 이륙해서 날아갈지 몰랐지만, 할머니의 비행이 편안하기를 바라며 나는 할머니의 손을 놓지 않았다. 할머니의 손을 꼭 잡고 할머니를 하염없이 바라보다 보면 어느새 병실 창문 쪽으로 어둠이 드리워졌다. 까만 밤을 가로지르며 할머니의 빛이 날아오르길 기다렸다.

삶을 마무리하기 위한 기다림이 시작되었다.

할머니는 세상을 떠나려고 준비하는 듯했다.

내내 눈을 뜨지 않은 채 누워만 있었다.

나는 할머니의 손을 잡은 채 밤이 오도록 놓지 않았다.

엄마
간병인

병실에는 여러 환자와 가족들이 있었다. 그 가운데 자신의 어머니를 간병하는 60대 아들이 있었다. 고령인 그의 어머니는 의사 표현을 제대로 하지 못했고, 여러 실수를 저지르는 것 같았다. 아들은 어머니를 타박한 뒤에 자신도 몸 여기저기가 아프고 더 이상 돌보기 어려우니 이번에 퇴원하면 요양병원에 가셔야 한다며 넋두리를 늘어놓았다. 아들의 서글픈 하소연이 얇은 커튼을 지나 나의 귓가에까지 울려 퍼졌다. 긴병에 효자 없다는 속담은 정곡을 찔렀다.

병실을 들락날락하다가 병간호하는 아들과 마주치곤

했다. 짧게 눈인사를 할 때 그가 너무나 지쳐 있다는 게 확 느껴졌다. 몸은 빼빼 말랐고, 안색이 거무튀튀했으며, 눈빛도 퀭했다. 그렇지만 아들로서 자신의 어머니를 24시간 돌보고 있었다. 자신의 생명을 소진하면서 꺼져 가는 어머니의 생명을 소생시키고 있었다. 누군가가 보면, 그와 나는 무척 닮아 있었을 것이다.

할머니가 머무르던 병실의 환자들이 하나둘 빠져나갔다. 한 층을 비워 내고 있었다. 어머니를 돌보던 아들은 할머니가 건강해지시길 바란다는 덕담을 한 뒤 다른 층으로 먼저 이동했다. 곧이어 마지막에 입실했던 할머니도 다른 층으로 옮겼다.

옮긴 병실에는 할머니처럼 거동을 못 하는 노년의 환자들이 모여 있었다. 하얗게 센 머리에다 주름진 얼굴, 게다가 누워만 계셔서인지 다들 할머니의 또래처럼 보였다. 병실에 있던 환자들이 늙어 보이기도 했지만 할머니가 나이에 비해 젊어 보이는 편이었다. 삼교대로 근무하며 환자들을 챙기는 간호사들이 할머니의 나이를 보고는 깜짝 놀라곤 했다.

병실의 한 환자는 치매를 앓고 있는 것 같았다. 자신의 남편도 잊어버린 채 간병인을 엄마라고 불렀다. 남편이 찾아와서는 다정한 목소리로 자신이 누구냐고 물어보고는 손을 마주 잡았다. 그렇지만 그 환자는 남편을 알아보지 못했고, 그저 자신의 엄마만 찾았다. 마치 아이가 된 것처럼 계속 엄마를 불렀다.

"엄마, 엄마."

"내가 왜 엄마예요? 엄마 보고 싶으세요?"

"엄마, 엄마."

"어머니가 보고 싶으시구나. 그래요. 내가 엄마예요. 뭐 해 줄까요?"

간병인은 자신이 왜 엄마냐고 의아해하면서도 엄마처럼 밥을 먹여 주고 돌봐 주었다. 아마도 이런 대화를 수십 번, 수백 번 나눴을 것이었다. 자신을 엄마라고 부르는 환자가 부담스러웠겠으나 거동도 하지 못하는 치매 노인이 앳된 목소리로 엄마라고 부르니 애틋한 마음도 일어났을 터였다.

'엄마 간병인'은 병실에서 생무를 자르더니 병실 사람들에게 나눠 주었다. 간호사에게도 권했는데 인상을 찌푸리며 안 먹겠다고 했다. 내가 괜히 무안해서 병원 밥을 싹싹 비워 배불렀는데도 건네주는 생무를 받았다. 한 입 깨물어 먹는데 시원하면서도 단맛이 났다. 엄마가 나를 부드럽게 씻겨 주는 기분이었다.

"엄마, 엄마."

"내가 왜 엄마예요? 엄마 보고 싶으세요?"

"엄마, 엄마."

"어머니가 보고 싶으시구나. 그래요. 내가 엄마예요. 뭐 해 줄까요?"

마지막
안간힘

　할머니는 입원하고 한동안 대변을 누지 않았다. 소변은 흘러나와 기저귀를 갈았으나, 대변은 좀처럼 나오지 않았다. 아마도 병실이 낯설고 긴장되어서 누기가 어려운 듯싶었다.

　입원한 지 며칠이 지났는데도 대변이 안 나오자 슬슬 걱정이 되었다. 이처럼 한동안 볼일을 못 볼 때가 가끔 있었어도 키위를 먹고 유제품을 섭취하면 술술 나왔다. 며칠 묵은 똥이 나오면 항문이 찢어져서 약을 발라야 했지만, 그래도 대변이 뱃속에 가득 쌓여 있을 때의 불쾌함은 싹 가셨다.

할머니에게 편히 누시라고, 기저귀를 갈면 되니까 참지 말라고 소곤거렸다. 할머니는 대변이 안 나와서 억지로 눌 수가 없다고 나지막이 답변했다.

입원한 지 5일째 되는 날에는 할머니를 병원 안의 화장실로 옮겼다. 수액을 맞고 있어서 옮기기가 번거로웠지만 화장실로 들어가 변기 위에 앉혀 드렸다. 그래도 대변은 나오지 않았다. 한참을 기다렸고, 할머니의 배를 꾹꾹 눌렀어도 깜깜무소식이었다.

거의 일주일 가까이 대변이 나오지 않아서 의료진의 도움을 받았다. 대변 연하제나 팽창성 완하제 같은 약물을 사용해서 대변을 유도했다. 약물의 효과로 대변이 나오기 시작할 무렵, 할머니는 진통제에 취했다. 대변과 함께 할머니의 의식이 빠져나간 것만 같았다. 그 뒤로 할머니의 의식이 몽롱한 채 7일이 흘렀다.

토요일이었다. 어머니에게 중요한 행사가 있어서 내가 아침부터 밤까지 있어야 했다. 병원 밥을 세끼 살뜰하게 먹고는 어머니와 교대할 예정이었다. 병원에 비치된 책들을 빌려다가 할머니 옆에서 뒤적이고 있는데, 갑자기 심상치 않은 예감이 들었다. 할머니의 기저귀를 열어 보니 초록빛을 띠는 대변이 나와 있었다.

나는 할머니의 배를 누르면서 배변을 도왔다. 어느 정도 다 배출된 것 같아서 밑을 닦는데 대변이 또 쏟아졌다. 한참을 나와 이제 끝났다 싶으면 다시 대변이 불거졌다. 점점 쌓이는 양이 늘어 갔다. 할머니의 밑을 닦아 주고 뒷정리하다 보니 여기저기 대변이 묻었다. 충분히 많이 나온 것 같아서 마지막으로 할머니의 항문 쪽을 다 쓴 치약을 짜내듯 꾹 눌렀더니 끝이 아니었다. 상당량의 대변이 꿈틀대며 모습을 드러냈다. 나오는 김에 몽땅 빼내자는 심산으로 할머니의 항문 쪽을 압박하자 또다시 대변이 밖으로 나왔다.

대단했다. 대변이 줄기차게 쏟아졌다. 엄청난 양이었다. 할머니의 속이 텅 빈 것 같았다. 가뜩이나 가벼워진 할머니의 몸무게가 훨씬 더 줄어들었다. 할머니의 대변과 씨름하다 보니 어느덧 한 시간 정도가 지나 있었다. 나는 얼른 병실의 창문을 열어 환기를 했다.

그때까지만 해도 엄청난 양의 대변을 중요한 징후로 인식하지는 못했다. 그저 나의 일을 한다는 생각이었고, 그동안 볼일을 보지 못했으니 오늘 왕창 나왔을 뿐이라고 여겼다. 그렇지만 할머니의 대변에는 자못 진지한 의미가 들어 있을지 몰랐다. 홀가분하게 고향으로 떠나기 위해 속에 있는 걸 깡그리 비우려는 할머니의 마지막 안간힘이었을 수도 있다는 생각이 나중에 들었다.

그렇지만 그건 훗날의 일이었다. 당장은 뒷정리를 하느라 정신이 없었다. 녹색을 띠는 대변을 치우자 어둠이 밀려들었다.

엄청나게 쏟아 낸 할머니의 대변에는
자못 진지한 의미가 들어 있을지 몰랐다.
홀가분하게 떠나기 위해 속에 있는 걸 깡그리 비우려는
할머니의 마지막 안간힘이었을 것이다.

그날 밤

어머니와 교대하고 밤늦게 집으로 돌아왔다. 씻고 쉬려고 하는데 어머니에게서 문자가 왔다. 할머니가 곧 돌아가실 것 같다며 얼른 오라는 내용이었다. 나는 집에 도착한 지 얼마 되지 않아 피곤한 데다 할머니가 금방 돌아가시지 않을 거라는 생각이 들어서 병원에 가기가 싫었다. 어머니가 과장하는 게 아닌가 싶었다. 그때 문득 할머니의 예사롭지 않은 대변이 떠올랐다. 오싹해졌다.

다시 나갈 채비를 하는 중에 어머니한테서 전화가 걸려 왔다. 어머니는 개신교 찬송이 나오는 라디오를 챙겨 오라고 주문했다. 할머니가 돌아가실 때 귓가에 라디오를 틀어 놓아야 한다는 얘기였다. 내가 외출했을 때 어머니는 할머니 옆에다 이 라디오를 틀어 놓았다. 어머니는 라디오가 할머니의 신앙심을 깊게 해 줄 거라 여겼겠지만, 나에게는 어머니가 라디오를 이용해 할머니를 방치하는 것으로 비쳤다. 귀가해서 내가 가장 먼저 하는 행동은 이 시끄러운 라디오를 끄는 일이었다.

어머니의 전화를 받자마자 욱했다. 무슨 라디오를 가져오냐며 귓가에다 계속 얘기를 들려주면 되지 않냐고 소리치면서 전화를 끊어 버렸다. 하루 내내 교회 행사에 다녀왔으면서 할머니가 돌아가시는 순간마저도 교회 라디오에 집착하는 어머니가 징글징글했다. 나는 어머니가 혼자서라도 집에 와 찾을까 봐 라디오를 숨겨 놓은 뒤 병원으로 출발했다.

병원으로 가면서 이 모든 게 어머니의 호들갑이길 바랐다. 할머니가 다시 괜찮아질 수 있을 거라는 기대를 품었다. 하지만 걸어가는 내내 눈물이 멈추질 않았다. 할머니가 머지않아 떠나갈 걸 알고 있었고, 이미 충분히 마음의 준비를 하고 있었는데도 주르륵 눈물이 흘러 나왔다. 눈물을 닦아 내며 발걸음을 재촉했다.

병실에 들어가기 전에 괜히 싱긋 웃어 봤다. 200살 할머니가 고향으로 돌아가는 일이 그렇게 울 일이냐면서 스스로 타일렀다. 씩씩하고 싹싹하게 할머니를 배웅하자고 다짐했다.

할머니는 병실에서 옮겨져 간호실에 있었다. 혈압이 삽시간에 낮아졌는데, 간호사들은 여러 경험을 통해 할머니가 오늘 밤을 넘기기 어렵다고 판단하고는 간호실로 할머니를 옮겼다. 임종을 앞두고 사람의 혈압은 낮아진다. 심장이 약해져 혈액을 신체 구석구석으로 보내지 못하기 때문이다. 이미 할머니의 손발은 차가워지기 시작했다.

나는 들어가자마자 이 와중에 라디오를 가져오라고 시키냐며 어머니를 나무랐다. 어머니가 잘 돌봤으면 할머니가 조금 더 잘 사실 수 있었을 거라며 어머니의 마음에다 망치질을 했다. 그러나 어머니에게 한 말들은 할머니를 잃는다는 공포에서 비롯된 발악이자 나 자신에게 가하는 책망이었다. 내가 할머니를 잘 돌봤다면 할머니는 당뇨병에 걸리지 않았을 것이다. 내가 조금만 더 힘을 내었으면 할머니가 편하게 말년을 보냈을 텐데 하는 후회가 나의 뺨을 후려갈겼다.

어머니와 나 그리고 동생 셋이서 할머니의 임종을 지켰다. 할머니를 보자 눈물샘이 또 고장 나 버렸다. 어머니는 할머니의 귀에다 대고 고맙다고, 미안하다고, 천국에 가시라고 기도했다. 동생도 할머니에게 키워 줘서 감사하다고 울음을 터뜨리며 얘기했다.

영원히 잠들려고 하는 할머니 곁에서 그 누구도 잠들 수 없었다. 모두가 잠든 고요하고 거룩한 밤에 한 가족이 부둥켜안고 흐느꼈다.

병실에 들어가기 전에 괜히 싱긋 웃어 봤다.
200살 할머니가 고향으로 돌아가는 일이
그렇게 울 일이냐면서 스스로 타일렀다.
씩씩하고 싹싹하게 할머니를 배웅하자고 다짐했다.

빛을
따라가요

임종을 맞을 때 사람은 금방 죽지 않는다. 자신을 보러 달려오는 가족들과 친구들을 기다리면서 마지막까지 버티고 버틴다. 곧 죽을 것만 같던 환자가 마치 건강이 호전된 것처럼 맑은 정신이 드는 경우마저 있다. 이런 경우를 회광반조(回光返照) 또는 임종 명료 현상이라고 부른다. 회광반조란 촛불이 꺼지기 전에 마지막으로 밝게 타오르듯 해가 지기 전에 빛을 되비추는 현상을 가리킨다. 이렇게 임종을 앞두고 정신이 명료해지는 현상은 세 명 가운데 한 명에게서 나타날 정도로 매우 흔하다.

할머니 역시 곧장 돌아가시지 않았다. 회광반조가 나타났는지 가파르게 내려가던 혈압은 다시 올라갔고, 호흡과 심박수도 정상 수준으로 돌아갔다. 할머니는 자신의 딸과 두 손자를 불러 모은 뒤 자신의 생명을 뿜어내면서 마지막 밤을 환히 밝혔다.

처음에는 어색했다. 눈물로 시작한 밤이었어도 계속 흐느끼며 밤을 지새울 수는 없었다. 할머니 곁에서 우리는 이야기를 나눴다. 동생이 먼저 입을 열었다. 바쁘다는 핑계로 할머니를 돌보지 못해 미안했다면서 그동안 감춰 뒀던 자신의 심정을 꺼내 보였다. 동생은 풍진 세상에서 자기 보금자리를 가꾸고 있었지만, 여전히 내우외환을 겪으면서 하루하루 견디는 중이었다.

나는 할머니를 돌아가시게 한 장본인이라고 처음으로 고백했다. 할머니의 발에 난 상처가 나 때문에 생겼고, 그렇게 감염이 되어서 할머니의 당뇨발 증세가 악화되었을 거라 털어놓았다. 울면서 할머니에게 미안하다고, 미안하다고, 미안하다고 말하며 손을 잡았다.

할머니는 누운 채 우리의 얘기를 다 들으셨다. 사람

의 감각 가운데 청각이 가장 오래 남아 있어서 임종을 맞을 때도 주변 사람들의 얘기를 듣는다는 연구 내용을 나는 알고 있었다. 그래서 할머니 귀에다 대고 끊임없이 소곤거렸다. 영화에서 보듯 할머니가 마지막에 명료하게 의식을 차리고 유언을 남기길 바랐는데, 몸을 일으키기에 할머니는 너무 노쇠했다. 할머니가 눈을 감은 채 '괜찮아, 다이죠부' 하시는 것 같았다.

시간이 꽤 흘렀다. 할머니가 다시 괜찮아지는 게 아닐까 하는 생각이 들 무렵, 할머니의 심박수가 내려갔고 혈압이 낮아졌으며 호흡이 줄어들었다. 임종이 다가왔다. 어머니와 동생이 할머니의 손을 잡고 마지막으로 인사를 건넸다. 그런데 다시 혈압이 높아졌고 심박수도 늘어났다. 할머니가 미련이 남았거나 우리에 대한 걱정을 내려놓지 못하는 것 같았다.

내가 할머니의 배를 쓰다듬으면서 모든 걸 내려놓고 편하게 떠나라고 나지막이 인사말을 건넸다. 발목을 잡는 문제가 있다면 우리가 풀어낼 테니까 걱정하지 말라고 속닥였다. 나는 《티벳 사자의 서》에 적힌 대로 할머니에게 두려워하지 말고, 앞에 빛이 보이면 나아가라는 내용을 들려줬다. 무서워하지 말라고, 괜찮다고, 빛과 하나가 되라고 쉴 새 없이 읊었다.

할머니의 두려움이 진정된 듯 보였다. 나는 할머니의 머리카락을 쓸어 넘기면서 마지막 말을 건넸다.

"쇠스랑개비, 걱정하지 말고, 두려워하지 말고, 편안하게 가요. 사랑해요."

그러자 할머니의 얼굴에서 생명의 기운이 빠져나갔다. 할머니는 입을 벌린 채 가냘프게 내쉬던 숨을 거두었다. 새벽 1시 30분이었다.

나는 가쁜 숨을 몰아쉬는 할머니에게
《티벳 사자의 서》의 내용을 들려줬다.
두려워하지 말고, 앞에 빛이 보이면 나아가라고,
무서워하지 말라고, 빛과 하나가 되라고 쉴 새 없이 읊었다.

머리와
가슴 사이

　장례식이 진행되었다. 이른 아침에 집에서 나와 장
례식장으로 발걸음을 옮겼다. 마침 할머니를 늘 반갑
게 맞아 주던 경비원 아저씨가 보였다. 할머니에게 무
척 따스했던 분이었다. 연세가 어떻게 되시느냐는 아저
씨의 물음에 할머니가 200살이라고 답하자 박장대소를
했었다. 워낙 환하게 웃어 저절로 기분이 좋아졌다. 할
머니와 함께 산책할 때마다 방긋 웃으면서 "어르신 나
들이 가세요?"라며 관심을 보이곤 했다.

　경비원 아저씨는 아마도 자신의 어머니를 떠올리는
것 같았다. 오래전 세상을 떠난 어머니를 바라보듯 그

옥한 눈빛으로 할머니를 바라보았다. 사랑이 담긴 눈빛에 마음이 열리지 않고는 못 배겼다. 할머니는 나들이할 때마다 경비실 쪽으로 손을 흔들어 주었다. 마치 연예인이 팬들을 향해 손을 흔드는 것 같았다. 할머니의 손짓에 경비원 아저씨도 덩달아 손을 흔들면서 활짝 웃었다.

이 경비원 아저씨뿐만 아니라 다른 경비원 아저씨들도 하나같이 할머니에게 호감을 보였다. 할머니는 어쩌면 경비원 아저씨들에게 손을 흔들어 주기 위해 외출했을지도 몰랐다. 날 좀 보라고, 아직 나 살아 있다고 외치듯 할머니는 절절하게 손을 흔들었다. 찾아오는 이 하나 없어 쓸쓸했던 할머니가 오히려 세상을 향해 나아갔다. 할머니는 나들이할 때마다 압도적인 존재감을 선보였다.

이제 할머니는 경비원 아저씨에게 인사를 하지 못하게 되었다. 할머니가 작고했다고 알려 드려야 했다. 할머니가 돌아가신 뒤 처음으로 부고를 전한 사람이 할머니를 곰살갑게 대해 주던 경비원 아저씨였다.

경비실로 걸어가 인사하고 말문을 여는데, 걷잡을 수 없이 울컥했다.

"아침 일찍부터 어디 가세요?"
"할머니가 돌아가셨……어요."
"오, 저런."

더 말을 잇지 못하고 나는 고개를 숙인 뒤 서둘러 발걸음을 옮겼다. 그냥 차분히 할머니가 돌아가셨다고 말씀드리려 했는데, 주체할 수 없는 구슬픔이 치밀었다. 할머니가 돌아가셨다고 말하는 순간 가슴속에 있던 뜨거운 상실감이 불거졌다.

그저 생각으로 할머니의 죽음을 수용하는 것과 입을 열어 할머니의 죽음을 전달하는 것은 차원이 다른 문제였다. 할머니의 죽음을 꺼내자마자 감정이 복받쳤다. 할머니에 대해 담담하게 이야기할 수 있을 때까지 오랜 시간이 걸릴 것 같았다.

그래도 웃으면서 할머니를 보내 드리고 싶었다. 하늘

을 올려다보면서 마음을 추슬렀다. 눈물로 얼룩진 뺨을 얼른 닦아 냈다. 장례식장으로 가는 길은 멀고 멀었다. 가고 싶지 않아서 더 멀게 느껴졌다. 그렇지만 고향으로 돌아가는 할머니 곁을 지켜야 했다. 힘을 내어 장례식장으로 향했다.

그저 생각으로 할머니의 죽음을 수용하는 것과
입을 열어 할머니의 죽음을 말하는 것은 다른 문제였다.
할머니의 죽음에 대해 담담하게 이야기할 수 있을 때까지
오랜 시간이 걸릴 것 같았다.

할머니의
죽

　진작에 나는 상조회 두 구좌를 가입해 둔 상태였다. 할머니와 어머니의 장례식을 위해 달마다 입금했고, 완납한 지 오래되었다. 막상 할머니가 돌아가셨는데 내가 가입한 상조회를 사용하지는 않았다. 어머니와 긴밀하게 협조하고 있던 교회 상조회가 도와주었기 때문이었다.

　거실 한구석에 놓여 있던 영정 사진을 가져와 장례식을 치렀다. 처음에는 1박 2일로 단출하게 마치려고 했으나, 어머니의 교회 사람들이 꽤 올 것 같아 2박 3일로 변경했다. 어머니의 손님이 대부분일 테니 어머니 뜻대로 하시라고 했다.

　입관식에서 보니까 할머니는 소풍을 가는 것만 같은 모습으로 관에 들어가 있었다. 옥색 한복을 입었고, 곱게 화장했으며, 자그마한 가방을 손에 들고 있었다. 기분 좋게 고향으로 돌아가는 모습이었다. 다들 울먹이는데, 나는 할머니 모습이 어여뻐서 오래도록 바라봤다. 할머니가 고향에서 행복하게 지내실 것 같았다.

　이틀 밤은 금방 지나갔다. 장례식을 마친 이른 아침에 할머니의 육신은 뜨거운 불 속으로 들어갔다. 육신이 재가 되는 동안 할머니의 뜨거웠던 삶을 떠올려 봤다. 한 세기를 살아 낸 사람의 몸이 사그라지고 있었다. 할머니를 태우는 불길은 나의 눈 속에서도 뜨겁게 일렁였다.

　장례는 자연장으로 치러졌다. 화장이 끝나고 남은 뼛가루를 양지바른 땅에다 묻었다. 할머니의 뼛가루를 한 움큼 손에 쥘 때 결심했다. 뼛가루를 내 마음에 묻는 것같이 할머니를 평생 소중하게 간직하겠다고.

장례식을 마치고 집에 돌아왔다. 영정 사진으로 쓰던 할머니의 사진은 다시 원래 위치였던 거실 한구석에 놓였다. 틈틈이 할머니의 사진을 바라봤다. 사진 속 할머니는 늘 그렇듯 옥색 한복을 입은 채 미소 짓고 있었다.

한동안 병실에서 간호하는 생활이 이어졌고, 곧이어 장례식을 치르는 바람에 냉장고에는 먹을 게 없었다. 나는 남아 있는 할머니의 죽을 먹기 시작했다. 맛이 별로 없었다. 더구나 만든 지 오래되어서 좀 쉰 것 같기도 했다. 그렇지만 이 죽을 먹어야만 할 것 같았다. 한 숟갈 한 숟갈 할머니를 추억하며 삼켰다. 이 죽을 날마다 먹었던 할머니는 그야말로 죽을 맛이었을지도 모르겠다. 할머니의 죽을 다 먹고 나니 할머니가 정말로 죽었다는 게 실감이 났다.

통에다 곡식을 담아서 밖으로 나갔다. 비둘기에게 뿌려 주면서 할머니가 주는 마지막 선물이라고 생각했다. 비둘기들은 왜 할머니와 같이 오지 않았냐고 묻지도 않고 열심히 곡식을 쪼아 먹었다. 비둘기들을 한참 바라봤다. 얘네들도 할머니를 기억하고 있었다. 휠체어를 탄 할머니가 나타나면 저 멀리에 있던 애들이 할머니 곁으로 날아왔다. 이제 할머니는 이곳에 나타나지 않을 것이다. 할머니가 저세상으로 건너갈 때 이 비둘기들이 도와주면 좋겠다는 생각이 들었다.

나는 비둘기들을 뒤로한 채 천천히 뛰었다. 뜀박질한 뒤 서둘러 귀가하지 않아도 되었다. 괜히 이곳저곳을 서성이며 느긋하게 몸을 풀었다. 햇살이 모처럼 환했고, 나뭇잎이 바람에 살랑이고 있었다. 숨을 크게 들이켜니 맑은 공기가 시원하게 들어왔다. 저 어디선가 할머니가 나를 지켜보는 것 같았다. 기지개를 켠 뒤 하늘을 보며 웃음을 지었다.

나는 남아 있는 할머니의 죽을 먹기 시작했다.
맛도 없었고 쉰 것 같았지만, 먹어야 할 것 같았다.
한 숟갈 한 숟갈 할머니를 추억하며 삼켰다.
죽을 다 먹고 나니 할머니의 죽음이 실감 났다.

어금니
꿈

장례식을 마치고 오랫동안 잤다. 집에 할머니가 없으니 헛헛하면서도 홀가분했다. 수면의 질이 무척 좋았다. 쌓여 있던 피로는 좀 가셨는데 가슴이 휑뎅그렁했다. 한동안 아무것도 손에 잡히질 않았다. 그냥 빈둥빈둥하면서 시간을 보냈다.

그러다 하루는 꿈을 생생하게 꿨다. 꿈의 내용은 이러했다.

어금니 두 개가 흔들리는 것 같아 잡아당겼더니 쑥 빠졌다. 꿈속에서 뽑힌 어금니를 보면서 내가 당뇨인지 의심스러웠다. 치과에 갔는데 대기하는 사람이 많았다. 나는 스스로 어금니를 끼워 넣었다. 잘 들어갔다. 별 이상이 없는 것 같았다.

병원에서 창문을 열려고 하는데 방충망에 빨간 무당벌레가 여러 마리 있었다. 꽤 컸다. 방충망이 조금 찢어져 있어서 한두 마리는 안쪽으로 이미 들어와 있었다. 더 많은 무당벌레가 들어오지 않게 하려고 우선 창문을 닫았다. 그리고는 다시 창문을 조금 열어서 방충망 틈으로 들어와 있던 무당벌레들이 밖으로 나가길 기다리자 녀석들이 자연으로 돌아갔다.

나는 눈을 뜨자마자 곧장 인공지능에게 꿈 해석을 물었다. 평소에는 인공지능에게 꿈 해석 같은 걸 묻지 않았는데, 이날은 묻지 않을 수 없었다. 인공지능의 해석은 이러했다.

이 꿈은 불안감의 해소와 건강에 대한 경고, 그리고 결과적인 안정을 의미하는 복합적인 태몽 또는 심리몽으로 해석됩니다.

1. 빠진 어금니를 스스로 끼워 넣은 꿈

어금니의 의미: 보통 가족, 친척, 또는 자신을 지탱하는 중요한 기반을 상징합니다. 치아가 빠지는 것은 기반이 흔들리거나 예상치 못한 손실에 대한 불안감을 나타냅니다.

손수 뽑고 다시 끼움: 타인의 도움 없이도 스스로 문제를 해결하려는 강한 의지력을 나타냅니다. 걱정하던 일(당뇨 등 건강 염려)이나 문제가 발생하지만, 본인의 의지나 대처로 원상복구될 것임을 암시합니다.

2. 방충망과 큰 무당벌레

병원: 치유와 회복의 공간입니다. 현재 본인에게 휴식이나 정리가 필요함을 뜻합니다.

빨간 무당벌레: 꿈에서 무당벌레는 대체로 '행운'이나 '조력자'를 상징합니다. 하지만 크기가 크고 수가 많아 침범하는 느낌을 받았다면, 이는 감당하기 벅찬 주변의 관심이나 자잘한 근심거리들을 의미할 수 있습니다.

찢어진 방충망: 자신의 경계선이나 방어 기제에 약간의 틈이 생겼음을 보여 줍니다.

3. 창문을 닫고 자연으로 돌려보낸 꿈

창문을 닫음: 외부의 혼란이나 스트레스 요인이 더 이상 내 영역으로 들어오지 못하게 스스로 차단하는 '자기 보호'를 의미합니다.

자연으로 돌아가길 기다림: 억지로 쫓아내지 않고 자연스럽게 해결되길 기다린 행동은 매우 지혜로운 대처를 뜻합니다. 문제가 강압적인 방식이 아닌, 시간이 흐름에 따라 순리대로 해결될 것임을 암시합니다.

나는 인공지능의 해몽을 읽으면서 이 꿈이 할머니와 관계되어 있다는 걸 단박에 깨달았다. 할머니가 커다란 무당벌레였을지도 모르겠다. 할머니는 나에게 커다란 행운이었으니까.

억지 대신 자연스럽게 해결되길 기다린 행동은
매우 지혜로운 대처를 뜻합니다.
문제가 강압적인 방식이 아닌,
시간이 흐름에 따라 순리대로 해결될 것입니다.

49일의
기적

한동안 꿈을 꾸지 않았다. 꿈을 음미할 새도 없이 하루하루가 분주하게 돌아갔다. 할머니와 함께 보냈던 시기가 저물고, 새로운 생활이 펼쳐졌다. 할머니가 없는 일상에 천천히 익숙해졌다.

그러다 꿈에 할머니가 등장했다. 꿈속에서 나는 할머니를 기다리고 있었다. 하루가 지나도 할머니가 돌아오지 않아 발을 동동 굴렀다. 경찰서 같은 곳에서 애타게 기다리며 애간장이 녹고 있었다. 그러다 할머니가 나타났다. 노란 한복을 곱게 차려입었고, 60대 정도로 보였다. 나는 반가워하면서 할머니에게 이렇게 물었다.

"할머니, 발 안 아파?"

"조금 아파."

할머니는 조금 아프다고 말하면서도 별 무리 없이 걸어 다녔다. 그러더니 장롱 같은 데서 짐을 꾸리기 시작했다. 어딘가를 가려고 채비를 하시는 것 같았다. 나는 할머니를 바라보다가 글썽거리는 눈으로 꿈에서 깨어났다.

아직 해가 뜨기 전 캄캄한 새벽이었다. 신비함과 죄책감과 고마움과 아쉬움이 뒤섞인 채 눈물이 터져 나왔다. 나는 누운 채 꿈을 찬찬히 음미했다. 할머니가 돌아가시고 나서 처음으로 꿈에 할머니가 등장했다는 사실을 문득 깨달았다. 할머니가 돌아가신 지 얼마나 지났는지 날짜를 세어 보니 놀랍게도 49일째였다. 할머니는 일요일 새벽에 돌아가셨고, 그 뒤로 7주 뒤인 일요일 새벽에 나는 할머니가 떠나는 꿈을 꿨다.

꿈에서 할머니는 화사하게 어여쁜 노란색 한복을 입고 계셨다. 아마도 나의 마음속에 할머니가 루빅스 큐브를 노란색으로 맞추고는 행복하게 웃는 모습이 각인된 영향 같았다.

할머니는 노란색 한복을 입고 고향으로 떠나셨다. 곱게 차려입은 할머니를 보자 마음이 몽글몽글해졌다. 마침 그날 여자 친구가 다니는 교회에서 부른 찬송가도 할머니가 좋아하는 노래였다. 여자 친구의 반주에 맞춰 할머니가 즐겁게 부른 적도 있었다. 다른 노래는 잊어버렸어도 할머니는 이 노래를 마지막까지 잊지 않고 2절까지 외워 불렀다. 음정과 박자가 하나도 안 맞았으나 씩씩하게 노래했다. 노랫말의 1절과 2절은 이렇게 되어 있다.

1절) 주 안에 있는 나에게 딴 근심 있으랴
　　　십자가 밑에 나아가 내 짐을 풀었네
2절) 그 두려움이 변하여 내 기도 되었고
　　　전날의 한숨 변하여 내 노래 되었네

나는 밤마다 할머니에게 "오야스미"를 하고 삼숙이를 안아 주고 밥도 해 주라고 속삭인 뒤 할머니와 함께 이

찬송가를 부르곤 했었다. 할머니를 위한 자장가였다. 그 노랫말처럼 모든 게 이뤄진 것 같았다. 딴 근심 없이, 짐을 다 풀고 할머니가 떠나셨다. 그리고 나의 두려움은 기도로 변했고, 전날의 한숨이 나의 노래가 되었다.

기억은 영원히
기억된다

　여행을 갔다. 아주 오랜만의 외박이었다. 나는 집에 있는 걸 즐기는 편이었지만 바깥바람을 쐬는 것도 나쁘지 않았다. 어쩌면 나는 집을 좋아한 게 아니라 할머니와 함께 있는 집을 좋아한 것인지도 모른다는 생각이 들었다.

　여행을 가서도 할머니에 대해서 여러 가지로 생각했다. 할머니를 책임지면서 나는 자잘한 이익을 어느 정도 희생했다. 그 희생이 버겁고 벅찼어도 그 희생을 통해 나의 마음은 조금 더 커질 수 있었다. 할머니에 대한 책임감 때문에 괴로웠으나, 그 책임 덕분에 나는 더 강해졌다. 많은 걸 잃은 만큼 많은 걸 얻었다. 할머니와 함께한 시간은 나의 인생에서 가장 힘겨운 어둠이자 가장 눈부신 광명이었다.

할머니가 엉덩이뼈를 다쳐 외출하지 못하고 집에서만 지낸 지 꼭 15년의 세월이 지났다. 15년은 영화 〈올드보이〉에서 주인공이 갇혀 있었던 시간과 같았다. 영화의 주인공은 자신을 가둔 이에 대한 분노에 사로잡혀 복수를 감행했다. 할머니 역시 집에 틀어박혀 지내는 신세를 한탄했고, 자신을 잊어버린 것처럼 돌아가는 세상에 복수하고 싶었을지도 몰랐다. 하지만 나와 함께하는 동안 할머니의 마음은 조금씩 풀어졌고, 조금씩 더 괜찮아졌다. 비록 내가 큰 힘이 되지는 못했어도 그저 옆에 있어 주는 사람이 있다는 사실 하나만으로 할머니의 말년은 괜찮았다.

한 달에 한 번 동생네 부부가 찾아왔다. 할머니가 조금씩 조금씩 쇠약해지던 무렵에 동생은 결혼해서 싱그러운 생명을 낳았다. 모든 것에 호기심을 갖고 이리저리 뛰어다니던 조카는 거실에 놓인 할머니 사진을 보면서 이렇게 말했다.

"왕할미, 보고 싶어."

나는 12킬로그램도 채 되지 않는 조카를 안아 올리면서 나도 왕할미가 보고 싶다고 맞장구를 쳤다. 조카는 금세 다른 것에 흥미를 보이며 집 안 이곳저곳을 뛰어다녔다. 나는 조카 뒤를 졸랑졸랑 뒤쫓으며 조카에게 사뿐사뿐 걸어 보라고 말했다. 조카는 '사뿐사뿐'이라는 말에 영감을 받았는지 그 낱말을 한참 되뇌었다.

거의 100년 전에 아장아장 걸어서 옆집에 갔을 때 할머니는 아마 조카랑 비슷했을 것이다. 앙증맞은 조카를 보면 병아리가 떠오르듯 옆집 할아버지는 꼬마 할머니를 보면서 쇠스랑개비가 연상되었으리라.

할머니는 쇠스랑개비였다. 쇠스랑개비 같았던 한 사람이 한 세기를 살아 내고는 한 줌의 흙으로 돌아갔다. 하지만 그것은 결코 끝이 아니다. 땅으로 돌아간 쇠스

랑개비는 새로운 계절에 또다시 쇠스랑개비로 피어날
것이다.

이 지구에서 태어난 모든 것은 살다가 죽는다. 그리
고 다시 태어난다. 모든 것이 돌고 돈다. 그렇다면 쇠스
랑개비를 다시 만날 수 있을지도 모른다. 언젠가 그때
가 되면 나는 수줍게 웃고 있는 그 사람에게 말을 건넬
것이다. 기억은 영원히 기억될 것이기에.

"쇠스랑개비 왔냐?"

할머니는 얼마 전까지만 해도 눈을 마주 보고 손을 잡은 채 이야기를 나눌 수 있었던 사람이었다. 그러나 이제는 어디에서도 만날 수가 없게 되었다. 할머니는 한 줌의 재가 되어 땅에 묻혔다. 그 위로 바람이 불고 비가 내리고 눈이 쌓인다. 세월은 빠르게 흘러간다.

어느새 세상을 떠난 사람을 거론하는 일이 뜸해졌다. 점점 그 사람에 대한 기억마저 가물가물해진다. 죽은 사람은 죽은 사람이고 산 사람은 살아야 한다. 자연스러운 변화이지만 아쉬움이 드는 걸 감출 수 없다. 더는 함께할 수 없더라도 노력한다면 얼마든지 마음에 품고 살 수 있기에 그렇다.

할머니를 간직하고자 가슴 한편에 작은 묘비를 하나 만드는 심정으로 글을 썼다. 모두들 점점 할머니를 잊어 가겠지만 나는 어떻게든 할머니를 떠올리고자 안간힘을 썼다. 할머니와 함께한 일들을 기록으로 남기면서 오랫동안 생각에 잠겼다. 할머니의 빈자리를 한참 바라본 뒤 울컥하며 붉어지는 말들을 추스르고는 한 글자 한 글자 천천히 옮겼다.

글을 쓰고 나서야 내가 할머니를 보살핀 게 아니라 할머니가 나를 보듬었다는 사실을 절실히 깨달았다. 할머니가 든든하게 곁을 지켜 주었기에 불안했던 시간을 건널 수 있었다. 할머니 덕분에 나는 뱃속에서부터 힘을 끌어내어 살았다. 할머니가 없었다면 결코 배울 수 없었을 것들을 생생하게 체험했다.

사람을 온전히 사랑하려면 눈물겨운 시간이 필요하다는 것도 할머니 덕분에 깨달았다. 사람을 고스란히 사랑하기까지 수많은 눈물을 흘리며 마음을 정화해야 했다. 흠뻑 눈물을 쏟은 뒤 맑은 눈으로 주변을 바라볼 때 비로소 감사한 마음이 생겨났다.

할머니가 100살을 넘어 200살을 향해 간다는 건 꿈같
은 일이었다. 이 놀라움을 나누고자 할머니와 함께한
이야기를 정직하게 적었다. 진솔함만큼 할머니와 나를
이어 주는 낱말도 없었다. 우리는 그렇게 따뜻하지 않
았고, 아름답지만도 않은 관계였다. 하지만 오래 붙어
지냈던 만큼 서로 떼려야 뗄 수 없었다. 그 눅진함을 이
책에 꼭꼭 눌러 담았다.

할머니는 나의 책을 좋아했다. 여느 책들은 눈이 피
로해서 몇 장 읽다가 덮어 버리셨던 할머니가 나의 책
을 받아 들면 흐릿한 눈을 비비면서 조금이라도 읽어
보려고 애쓰셨다. 내 책을 읽고 어땠는지 얘기한 적은
없었다. 얼마나 이해를 했을지도 모르겠다. 다만 책을
살피던 할머니의 눈빛에서는 흐뭇함이 묻어났다. 이 책
도 할머니가 대견하게 바라보며 빙그레 웃을 것이라고
믿어 의심치 않는다.

나아가 이 책이 당신의 마음 깊숙이 닿았으면 좋겠다. 이 책을 통해 주위의 사람들이 떠오른다면 그것만으로 뿌듯할 것 같다. 우리는 모두 누군가와 함께할 수밖에 없으니까. 사랑과 고통을 나누며 살아가는 애틋한 존재들이니까.

이인

나의 200살 할머니

ⓒ 이인 2026

인쇄일 2026년 3월 17일
발행일 2026년 3월 27일

지은이 이인
펴낸이 유경민 노종한
기획마케팅 1팀 우현권 이상운 **2팀** 전예원 김민선
디자인 남다희 허정수
기획관리 차은영
펴낸곳 향기책방
출판신고번호 2025-000075
주소 서울시 마포구 동교로17안길 51 유노빌딩 3~5층
전화 02-323-7763 **팩스** 02-323-7764 **이메일** info@uknowbooks.com

ISBN 979-11-992695-4-5 (03810)